U0568779

“偶遇琐事”，如同飘落的树叶，不寻找任何意义。

明德书系 文化译品园

译介文化 传播文明

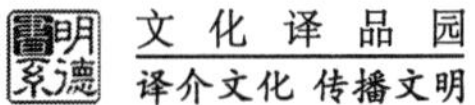

INCIDENTS
SOLLERS ÉCRIVAIN

偶遇琐记
作家索莱尔斯

【法】罗兰·巴尔特(Roland Barthes)◎著

怀宇◎译

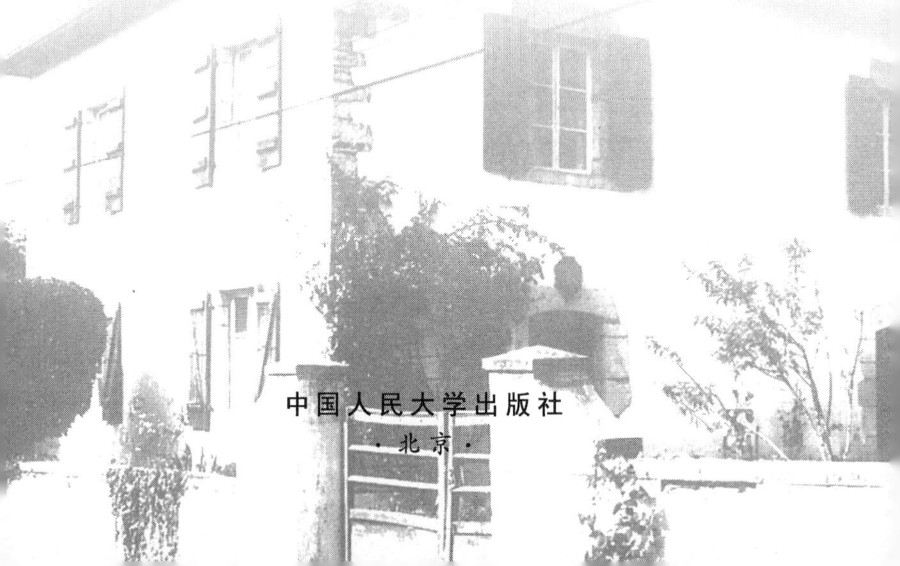

中国人民大学出版社

·北京·

目　录

偶遇琐记

作家索莱尔斯

偶遇琐记

出版说明

把这些文章合情合理地放在一起，是为了在写作时抓 7
住直接的东西而进行努力。因此，这里所做的工作，既不是理论研究，也不是批评性的提问方式（“这是什么?”“这意味着什么?”）。我们很清楚，这并不是因为罗兰·巴尔特曾经认为他有可能对方法、理论和意识形态一窍不通。但是在这儿，他在改变方法的同时，也建议读者与作者（本人）去“认同”——我们这里再次引用“长久以来，我早早入睡”① 这句话——更确切地讲是与他的“写作欲望认同”。“我把自己置于正在‘做事’的人的位置，而不再是

---

① 见《语言的轻声细语》（*Le bruissement de la langue*），313 页。[译者补注：这是法国作家马塞·普鲁斯特《追忆似水年华》第一部《在斯万家那边》（*Du côté de chez Swann*）开篇第一句话，而这句话在《语言的轻声细雨》第 313 页，是一篇文章的标题。]

放在就某事发表意见的人的位置：我不是在研究一种产品，而是在进行一种生产活动。我在话语之上取消话语。世界不再以一种客体的形式出现在我面前，而是以一种写作的
8 形式也即以一种实践的方式出现在我面前，我过渡到了另一种知识类型（爱好者的类型）……”[①]

有两部分未曾发表过的文字需要简单加以介绍。

《偶遇琐记》是对 1968 年至 1969 年在摩洛哥——主要是先在丹吉尔和拉巴特随后在南部的所见、所闻的记录和汇集。这部分文字当时都已准备好付梓印刷，并且罗兰·巴尔特是想在《原样》杂志上发表的。这是一种游戏：其目的完全不是摩洛哥本身，而是“传奇故事”——罗兰·巴尔特非常看重这种类型[②]——例如，在摩洛哥的某种生活可以检验传奇故事的定义。因此，我们在此找不到罗兰·巴尔特对摩洛哥、对其人民、对其文化或对其社会问题思考的任何一种解释（这是必须立即避开的一种误解）。但是，把所遇到的事情即“偶遇琐事”写出来——撇开没有成型的各种性格或人物（无人物支撑的小说片断），也撇

---

① 见《语言的轻声细语》（*Le bruissement de la langue*），325 页。

② 同上书，370 页。

开叙事文本的任何连续脉络（这就不可避免地要求叙事文本具有一种“信息”）。这些“偶遇琐事”简直可以构成一部小说的结构，“故事性”从本质上讲，就是片断式的。这一点，也像是一种阅读指导，而且罗兰·巴尔特也希望这种阅读是间断的、活动的，如同短暂的快感。这一点，我们看得很清楚，《罗兰·巴尔特自述》一书曾在两处谈到这种文本。在“写作计划”的标题下，他写到：《偶遇琐记》 9
（短小文本，短信，俳句，笔录，意义游戏，一切像树叶一样落下的东西）[①]。在“这意味着什么”的标题下，他写道：“一本相反的书有可能被这样构想：这本书能讲述无数的‘偶遇琐事’，同时禁止在某一天从中获得意义，这将正好是一本俳句书。”[②] 我们注意到，在这里，实际上，体裁通常被对惊奇、对一体性的破坏、对不恰当性的一种特殊的注意锁定。偶遇琐事就是这种情况：它间接地落入那些规则中。

《巴黎的夜晚》是从 1979 年 8 月 24 日至 9 月 17 日期间，在二十天左右的时间里写的，那时，他刚刚把《思考》

---

① 见《罗兰·巴尔特自述》（*Roland Barthes par roland Barthes*）法文版，153 页。

② 同上书，154 页。

(*Réflexion*) 一文交给《原样》杂志，在那篇文章中，罗兰·巴尔特探讨了当他“主持一种杂志”时信心不足的情况。手稿上写好了题目，编好了页码，甚至——就像我们后来看到的那样——包含着让主题更明确的某些说明。这就表明，手稿①是准备在某天发表的。准确地讲，它不是日记，但——正像题目所指明的那样——却是构成罗兰·巴尔特日常生活中的特殊方面的唯一叙述。他从不在自己的家里度过夜晚时分，甚至连周末也不在家里度过。根据《思考》一文的介绍，这些日记曾被多次阅读过：“对于一种‘隐私日记’（作为作品）的辨析，只可能是文学性的——绝对意义、甚至是怀旧意义上的文学性。”② 罗兰·巴尔特在此提出了四种“原因”：诗学原因——“提供带有写作个性、带有‘风格’（有人早就这么说过）、带有作者个人习惯用语的一种文本”；历史原因——“一天一天地把一个时代的痕迹、把所有混合的个体事物都分散成尘埃”；乌托邦原因——“把作者变成欲望对象，对于一位使我感兴趣的

---

① 这里所指的练习或第一个片断，从文章下文的一个附注中得到了证实：“一无所获的夜晚到此结束（1979 年 9 月 22 日）。1）为了不浪费时间和尽快地摆脱备课；2）为了我的那些记录和在此后依据卡片写作一切。”

② 见《语言的轻声细语》，400 页。

作家，我想了解他的内心、他每天的造币活动、他的追求、他的情绪、他的顾虑”；情爱原因——以崇拜句子之人的身份去建构“不一定是‘美的’、但却是正确的句子的加工车间，不停地……按照……与激情极为相像的……一种情绪……去完善陈述活动的正确性”。现在，宽宏大度在该词各种意义上都难以做到，某些人便趁机抓住这里所说的情况，有时怀疑现代性之形式，有时则在欲望之中丧失信心。在上面所述之后，我们还需要假装不知道人们都很了解这种缺乏状况吗？在罗兰·巴尔特看来，在写作已经建立，在其已经成为写作之后，他不是那种在陈述活动的危机面前退缩的人。正因如此，这些文章即便从伦理学上来讲也是出色的。

F. W. [①]

① F. W.：应该是罗兰·巴尔特的朋友和出版责任编辑弗朗索瓦·瓦尔（François Wahl）的缩写。——译者注

西南方向的光亮

13 今天，是 7 月 17 日，天气晴朗。我坐在长凳上，出于好奇，便像孩子那样眯起眼睛，我看见一株花园中常见的雏菊随意地横在前面公路另一侧的草地上。

公路如一条平静的河水向前延伸。公路上不时驶过轻骑摩托车或拖拉机（只有此时才出现真正的农村的声音，这些声音最终也像鸟的歌声一样富有诗意。由于稀少，这些声音更突显了大自然的寂静，并赋予其一种人类活动的标志），它一直通向村子远处的住宅区。这个村庄虽然不大，却总还有几处偏离中心的宅第。在法国，村庄难道不总是某种矛盾的空间吗？在法国，村庄都不大，却集中，且延伸很远。我的家乡很典型，它只有一个广场、一座教堂、一家面包店、一家药店和两家杂货铺（如今，我应该

说是两家自助商店)。不过，就好像执意要打破人文地理的 14
表面规律那样，它还有两家理发店和两位医生。法兰西是一个可以用大小来谈论的国家吗？从国家生活的各个层面上看，我们更应该说：它是一个多方面都很复杂的国家。

这些画面，依照我们把握它们的感知层次变化着，我的西南方也在以相同的方式延伸。就这样，我主观地感知到三个西南方。

第一个“西南方”极为广阔（四分之一法国那么大），一种顽固的连带意识本能地为我指明了它（因为我并未完整地参观过）：来自于这个空间的任何消息都以个人的方式触及我。仔细想来，这作为整体的大西南方，对我来讲，似乎就是语言，而不是方言（因为我不会任何奥克语）。但是，这种语言带有地方乡音，因为西南方的乡音无疑影响了我幼年时的说话声调。在我看来，这种加斯科尼乡音（从广义上讲）和南方的乡音（即地中海一带的乡音）是有区别的。在当今法国，加斯科尼乡音具有某种值得骄傲的东西：电影方面的（雷米，费南代尔）、广告方面的（食用油、柠檬）和旅游方面的民俗性创作，均坚持采用这种乡音。西南方的乡音（也许更沉重，更不易于歌唱）无法用
现在使用的字母来书写。为了显示自己，它只出现在对橄 15

榄球运动员的采访之中。我自己也没有乡音。不过，我小时候还是有点“南方味”：我说“Socializme”，而不说“Socialisme”（谁知道会不会产生两种“社会主义”呢?）。

我的第二个“西南方”不是一个地区，而仅仅是一条线，一段经历过的路程。在我从巴黎出发驱车（我已无数次做过这种旅行了）经过昂古莱姆市时，一个信号告诉我，我已经进了家门口，进入了童年时的故乡了。路边一小片松树，院内一棵棕榈，低低的云在地面投影出一副活动的面孔。于是，西南方高贵和妙不可言的灿烂光亮开始了。这种光亮从不灰蒙、从不浅淡（即便太阳不放光彩），它是一种宇宙之光，不由借以影响各种东西的色彩（就像在另一侧的南方那样）来确定，而是由它赋予大地的极适宜居住的性质来确定。我只能这样说：它是灿烂的光亮。应该在秋天（这是这一地区最好的季节）来看这种光亮（我几乎想说，来听这种光亮，因为它是富有音乐感的）。它是液态的、辐射的、令人怜惜的，因为它是一年中最后的美丽之光，它照出了每件事物的差别（西南方是小气候地区），它使这一地区抵御所有庸俗、所有群居行为，使它无法随
16 意简单地一游了事，并揭示出其内在的高贵性（这不是一个阶级问题，而是一个特征性问题）。在对此大加赞扬的时

候，我无疑是小心谨慎的：西南方的天气，就从来没有令人讨厌的时候吗？当然有，但对我来说，那不是阴雨天或暴雨天（尽管这种时候很多），也不是天空灰暗的时候。在我看来，光亮方面的意外不产生任何忧郁。这些意外不影响“灵魂”，只影响躯体：有时身上湿漉漉的，甚至带有绿色的脏东西，有时则被西班牙方向吹来的风搞得精疲力竭——这种风使比利牛斯山变得既显得很近又带着点怒气。这是一种模糊的感觉，这种感觉的疲惫最终包含有某种令人快活的东西，如同每当我的躯体（而不是我的目光）出现紊乱时所发生的情况。

我的第三个“西南方”更小：这便是我度过幼年而后又度过少年暑期的城市（巴约纳市），是我每年都回来探望的村庄，是连接这个城市与另一个城市，我为了去城里购买雪茄、纸张或去火车站接朋友而无数次经过的地方。我有几条公路可走，有一条较长，它绕行田野中心，直穿贝亚恩城（Béarn）与巴斯克地区的交汇地带。另一条是美丽的乡间公路，它沿阿杜尔河（l'Adour）岸的山脊线蜿蜒攀爬。在河的另一侧，我看见一条林带绵延不断，越远越葱
郁，那便是朗德地区的松林。第三条公路是新修的（就是 17
今年），它傍依着阿杜尔河左岸。除了行程快捷之外，这条

路没什么用处，只是有时在某一段时间内，由于河宽水缓而招来某个水上俱乐部的点点白色帆影。但是，我所喜欢和经常愿意赋予乐趣的公路，是那条沿阿杜尔河右岸而伸展的公路。它原先是一条纤夫用的小道，沿途是农庄和漂亮的屋舍。我喜欢这条公路，无疑是因为它具有自然性，因为唯西南方才有的这种极富有高贵与随和的搭配。我们似乎可以说，与其对岸的竞争对手相反，它仍是一条真正的公路，它不是一条只求实用有效的交通路线，而是类似一种可带来多种感受的某种东西。在这种感受中，一种连续的场面（阿杜尔河是一条人们知之甚少的美丽的河流）与对于先辈的实践（跋涉的实践、缓慢而有节奏地深入景致的实践）的回忆同时出现，而这种景致的各种比例从此也就发生了变化。在此，我们又回到了开始时说过的情况，即回到了实际上就是这个地方所具有的打乱明信片僵化特征的那种能力：不能过分追求拍照效果。为了评断，为了喜爱，必须来此逗留，以便浏览由不同地点、不同季节、不同气候和不同光亮交织而成的整幅图案。

有人肯定会说：您光谈天气，光谈模糊的审美感
18 受——不用说都是纯粹主观的感受，可是，人呢？人际关系呢？工业呢？商业呢？存在的问题呢？尽管您是位普通

的外来住户，您就对这些毫无感受吗？——我是以我自己的方式即以我的躯体进入现实中的这些地方的。而我的躯体，便是我的童年，便是历史所造就的那个童年。这种历史赋予我一种外省的、南方的和有产者的青少年时代。在我看来，这三方面的成分是不易区分的。在我看来，资产阶级便是外省，而外省便是巴约纳市。（我童年时的）农村在巴约纳的腹地，那里是可供游览、参观和搜集故事的网系。于是，在刚记事的那个年纪，我就只记下了那些“主要的现实”所带给我的感受：气味、疲劳、嗓音、路途、光亮，总之，一切现实中无须对自己的行为承担责任和后来只构成对往事回忆的东西（剩下的便是我在巴黎度过的童年：由于物质匮乏，可以说，这段童年只保留了关于贫困的一般模糊概念，而对当时的巴黎则“印象”极淡）。我之所以这样说西南方——就像记忆把它折射在我身上那样，是因为我相信茹贝尔[①]说过的一句话：“不应按照感觉而应按照记忆来表白自己。”

这些微不足道的小事，可以作为进入现在社会学知识和政治分析予以关注的这一广阔地区的敲门砖。例如，在 19

① 茹贝尔（Joseph Joubert，1750—1824）：法国伦理学家和随笔作家。——译者注

我的记忆中，没有比尼弗河（Nive）与阿杜尔河之间这块被称为小巴约纳的古老地区的气味更为重要的事物了。小本经营的各种物品随处可见，构成了唯有此地才有的一种芳香：巴斯克老人打编的草鞋绳（这里不用 espadrilles 一词来称呼草鞋），巧克力，西班牙食用油，黑暗的店铺里和狭窄的街道上滞留不散的气味，市镇图书馆里所藏的古旧书籍。这一切都像是一种已经消失了的商业活动（只有这个地方还保留着一点这种古老魅力）的化学公式在运作，或者更准确地讲，在今天就像是这种消失本身的公式在运作。从气味上讲，这甚至就是我所理解的一种消费方式的变化：草鞋（可悲的是，鞋底上加了一层胶皮）已不是手工所做，巧克力和食用油也不在城里买，而要去郊区超级市场。气味的消失，就好像城市污染的发展正在驱赶家庭的温馨，就好像"纯洁"反而是污染的一种可耻形式。

另一种归纳便是，我童年时认识了巴约纳市的许多有产阶级家庭（当时的巴约纳市有着某种很像是巴尔扎克描述过的特征）：我了解他们的习惯，他们的礼俗，他们的言谈话语和他们的生活方式。这些自由资产阶级当时充满了偏见，而资金并不雄厚。在这个阶级（坦率地讲，是反动的阶级）的意识与其（有时是可悲的）经济地位之间存在着某种扭曲。这种扭曲从未被社会学分析或政治学分析所注意，因为那些分析都像是一把大的漏勺，把社会辩证法的“精巧细腻”统统漏掉了。可是，这些精巧细腻——或者说这些历史上的不合常理的事物，尽管当时表达不出，但我已有感觉：我已经在“解读西南方”，已在浏览一种文本。这种文本从一处风景的光亮和被西班牙来的风搞得精疲力竭的一天，一直铺陈到整个的一种社会的与外省的话语类型。因为，“解读”一个地区，首先便是依据躯体与记忆即依据躯体的记忆来感受它。我认为，正是在进入知识与分析之前的这个区域作家得到了确定：他更富有意识，而欠缺能力，他甚至能意识到能力的缺陷。因此，童年便是我们认识一个地区的最佳途径。实际上，只有童年才谈得上家乡。

1977，《人道报》(*L'Humanité*)

偶遇琐记

23 从前，在摩洛哥……

在火车站。酒吧的男侍者走过来，摘了一朵红色天竺葵花，把它插进了一杯水中，这杯水就置于咖啡机与他随便堆放脏瓷杯和脏餐巾的污垢地之间。

在小索科（Socco）广场上，一个怒气冲天（即具有疯狂的所有特征）的小伙子，蓝色衬衣在风中敞开着，蓬头散发，正对着一个欧洲人指手画脚。他满嘴污言秽语（滚!）。他走开了。

过了一会儿，一声长歌告诉人们，送葬的队伍走来了。队伍出现了。在（轮换着）抬灵柩的人中，刚才那个小伙子暂时地平静了下来。

24 听说，国王的堂兄是个英俊的黑色皮肤的人，他把自己装扮成了一个美国黑人（他假装不懂阿拉伯语）。

追捕蓄发者：拉法埃里托（Rafaelito）确信他的父亲在他睡觉时给他剪了头发。其他人则说，警察在大街上强行（充满反抗与镇压）用理发推子直接推掉小伙子们的黑发。

两位年老的美国妇女争着搀扶一个盲人老头，帮他穿过大街。但是，这位俄狄浦斯[1]可能更喜欢钱、钱，而不是相互之间的帮助。

① 俄狄浦斯（Oedipus）：即“双脚被缚之人”之意，古希腊神话人物。传说忒拜的国王与王后从太阳神的神谕中获悉，他们的儿子将杀父娶母。孩子出生后，他们便缚住其双脚，将其弃置山里。这个孩子后来得到了两个牧羊人的救助，再后来的发展应验了太阳神的预言。此处，应该是指这位老人身处困境而得到帮助的情景。——译者注

一个精灵似的小男孩，几乎是温柔的，两只手微微发胖，突然快速地以一种类似于解扣子的动作，做出了“小先生”的举动：他用指甲的反面一下子就弹走了烟灰。

25 阿布德尔（Abder）想要一块干净的毛巾，出于宗教上保持洁净的考虑，他必须将毛巾放在旁边，为的是等一会儿做爱后把自己擦洗干净。

一位令人尊敬的哈吉[1]，留着修得整齐的灰色短胡子，双手也保养有方，讲究地穿着一件用极白的纹理细密的布制作的长袍，袍子带有风帽。他在喝一种牛奶。

可是，这种事发生了：在他洁白的风帽上，有一个污点，一层薄薄的令人讨厌的污垢，像是鸽子屎。

---

① 哈吉（Hadj 或 Hadji）：朝觐过圣地麦加的穆斯林。——译者注

一位算不上年轻的欧洲妇女，虽然涂脂抹粉，但浑身脏兮兮的。她对一切垂落的东西、松弛的东西，如辫子、大衣、提包和带穗子的短裙，都嗜爱成癖。此刻，她正穿过小索科广场。这位喜爱一切垂落之物的女人是一个“苏联魔术师”（一个小伙子盯着我说）。

在走廊里发现的孩子，当时睡在一个纸板箱子里。他 26
的头露在箱子外，像被割掉了似的。

在小索科广场附近，一对欧洲夫妇架起了棚子，专卖嬉皮士们爱吃的油炸食品。一个牌子上用英文写着："Hygien is our speciality（讲卫生是我们的特点）。"可是，那个女人却把烟灰缸扔到街道上——街道并不是英国的。

一个女孩被她的农民母亲当着众人的面教训着。女孩喊叫着。母亲镇静而固执。她像抓起一件女人内衣那样抓起女儿的长发，有节奏地打她的头。人们很快聚拢了过来。那个搞按摩的认为母亲这么做是有道理的。原因何在？因为女儿是妓女（其实，他什么都不知道）。

一个 5 岁的小男孩，穿着小裤子，戴着一顶帽子：他在敲门，吐痰，玩着自己的小鸡鸡。

一个盲人老头，留着白白的胡子，穿着长袍在乞讨。 27
他冷峻、漠视、古板、悲切、凄惨，然而，帮他乞讨的少年却从他脸上捕捉到了其要表达的意思。这在下面的情景里得到了证实：其历经磨难的面庞，被向下的撇嘴动作一拉，就表现出了痛苦、悲惨、受到了欺负和不幸。“看啊！看啊！”孩子的神色在说，“请看这位再也看不见东西的人。”

她们是偷偷叫卖薄荷、（维吉尔）柠檬的小个子女人。令人厌恶的便衣警察板着脸。他恶劣地、粗暴地对待她们，但最后还是让她们离开了。

美好的幻想：一位叫穆罕默德（Mohammed）、两手柔软的纺线厂工人确定无疑地对我说，犹太人的教堂每周六都熄灯。他用手指给我看。他说：“那是西班牙嘉布遣会修士的教堂，犹太人用来（出借给他们）做弥撒。”

28 一个穿着破旧的风衣、戴着大得出奇的（天蓝色）帽子的黑皮肤青年和一个光脚走在污秽的便道上、装束古怪的嬉皮士胖姑娘，从“中心咖啡馆”的当地人面前走过：这个青年得到了一个姑娘，但他竟公开地迎合西方的丑陋习俗。

伊布利亚（Iberia）航空公司的女职员没有笑容。她说话武断，妆容浓艳而生硬，指甲长长的，涂着血红的指甲油——她的手指点着长长的票子，以长期形成的专横动作把票子叠了起来……

一只煮薄荷茶用的茶壶。它是由一整块金属制成的，没有焊接点，是在摩洛哥的中量级拳击冠军的陪同和帮助下买到的。

我曾经谨慎地声明过我不适宜帮助国王的堂弟。但国
王却让我放心，他说我能帮助他的堂弟管理好他从杜松子 29
酒大王那里获得的几百万。

阿布德萨拉姆（Abdessalam）在得土安市（Tétouan）上寄宿学校，他好像今天早晨到的丹吉尔市（Tanger）（因为我偶然碰到了他）。他是来买一种治疗风湿性关节炎的药膏和一种带响声的水壶塞的。

一个黑皮肤的小伙子，穿着淡绿色的衬衣、巴旦杏绿色的裤子、橘黄色的袜子、红色的皮鞋，看上去非常柔顺随和。

国王的堂弟当着一位长着大胡子的人的面告诉我：这是一位哲学家。他说，要想成为哲学家，必须具备四样东西：1）阿拉伯语大学本科证书；2）游历过许多地方；3）与其他哲学家有交往；4）远离现实，比如待在海边。

一个年轻的黑人，却白得像是涂了粉（几乎是白色中有了点黑），穿着鲜红的滑雪衫。

7月，小索科广场的高台上坐满了人。这时来了一群嬉皮士，其中有一对夫妇。丈夫胖胖的，浅黄色皮肤，身着一件工人工作服，工作服里面则是赤身裸体。妻子穿着一件瓦格纳式的长睡衣，手里领着一个柔顺的白皮肤小女孩。她让小女孩在她的伙伴们脚边就地拉屎，而那些伙伴则无动于衷。

一直在寻找一件带风帽的蓝色长袍，但没有找到。西利（Siri）告诉我说：这里没有蓝色的绵羊。

穆斯塔法（Mustafa）很喜欢他的鸭舌帽："我喜欢我的鸭舌帽。"他宁可不做爱，也不愿离开他的鸭舌帽。

在曼扎哈（Minzah）旅馆的内院里，一位穿着长长的 31
红色连衣裙的妇女，神色有点惊慌，直截了当地问我：“厕
所在哪里?”

为了表明自己发音正确，市场上一个卖东西的年轻人（表情认真地）说："迪我打必［Tu/ti（不正确）veux tapis/taper（正确）］?"①

① 原意为"你想打人?"，其正确的书写为"Tu veux taper?"。——译者注

阿里瓦（Aliwa）（这是一个漂亮的名字，可以不停顿地重复）喜欢洁白无瑕的裤子（反季节的），但是，由于他所到之处无舒适可言，这乳白的颜色之上就总带着一个污点。

在丹吉尔海滩上（一些家庭，女士，小伙子），几位上了岁数的工人，像行动迟缓的老年昆虫似的，在扫着沙子。

塞拉姆（Selam）是丹吉尔的一个老兵，他大笑了起 32
来，因为他遇到了三个意大利人，而这三个意大利人浪费
了他许多时间：“他们都认为我是女的！”

一位穿着带有风帽的棕色（这是一种深的、破旧衣服的颜色）长袍的老农，身上斜挂着一串粗粗的枯玫瑰色大洋葱头。

上了年纪的漂亮而性格古怪的英国人“大伯”，在斋月里出于同情而取消了午餐（出于同情割了包皮的男孩子们）。

上午 9 点，一个鲁莽的年轻男子穿过小索科广场，肩上扛着一只活羊，羊的四条腿捆绑在前面（这是民间的、也是《圣经》要求的动作）。一个小姑娘路过这里，怀里抱着一只母鸡，并用一只手抚摸着它。

通过旅馆的窗户，我看见人烟稀少的广场上（这是星 33
期天的早晨，时间尚早。远处，一群男孩子正去海滩踢足球）有一只绵羊和一条翘着尾巴的狗。绵羊紧紧地跟着狗，最后，绵羊甚至想骑到狗身上去了。

我从他刚刚离开的、停在空寂无人的火车站（阿西拉哈车站）的火车上，看着他冒雨在公路上独自奔跑。他紧紧地抱着从我这里要去的装雪茄的空盒子，说是“为了把自己的证件放在里面”。

在塞雷（Salé）市的一条街道里，有人扬言要抢走所有的东西，于是衣衫褴褛的人们都跑掉了。一个14岁的男孩子仍然坐在地上，膝盖上放着一大盘过期的糕点。一个大腹便便的似军人又似警察的人直冲着男孩子走去，用膝盖顶了男孩子的肚子一下，就把盘子拿走了。他脚不止步，头也不回，一句话也不说（他们大概是要吃掉糕点的）。男孩子的脸转向另一侧，但没有哭出来。他迟疑了一会儿，便消失了——有两位朋友在场使我很不方便，我无法给男孩子2 000法郎。

34 拉辛式的开场白，带着一种温柔的讨人欢喜的姿态："您看到我了吗？您想碰碰我吗？"

一个英俊、正派、身着灰色套服、戴着金手镯的年轻人，两只手细嫩又干净，吸着红色的奥林匹克牌香烟，喝着茶，说话中带着一点强硬的口气（是一位官员吧？是那种办事慢腾腾的人吧?），将一条长长的口水滴落在膝盖上。他的伙伴提醒了他。

他用清扫厕所的刷子使劲地刷洗着矮小的马。我提醒了他之后，他回答说：“只用来刷洗矮马!”

在一场音乐会上（显然是德语音乐会），大厅里，有两
个年轻人在交谈着，他们的口音很重（他们自认为是受人 35
关注的，因此，便像欧洲人那样目不斜视）；其中一个穿着
条绒西服上衣，嘴里叼着烟斗。

在拉巴特的一家餐馆里，在各种浇汁菜、色拉菜、肉菜和身着西服套装的人们中间，有四个来自农村的人，他们喝着非常甜的羊奶，细嚼慢咽地吃着面包——甚至是大个儿的圆形面包。

有那么一位叫艾哈迈德（Ahmed）的人，向火车站走来，他穿着一件天蓝色羊毛衫，羊毛衫的正面却留着一大块橘黄色的污垢残迹。

人流，聚会，远处是标语牌、标语旗、警察的哨声。
是一次罢工还是一次政治示威？都不是，而是穆罕梅迪亚
（Mohammedia）工程师学院一次可怜的新生入学仪式。一
个穿着超短裙的少女站在一辆卡车上，伴着法国歌曲和感
36 人的文字：“我们将自觉勤奋学习”，“今天是新生，明天是
工程师”。

在昼夜（Jour et Nuit）咖啡馆认识的法里德（Farid），对一个乞丐大动肝火，因为这个乞丐先是找我要一支香烟，得到后又向我要钱，说是“为了吃饭”。这种渐次升级的剥削（不过，却是非常庸俗的）似乎让他很生气：“看到没有，他是怎样回报你的让步的！”然而，一分钟之后，在我离开乞丐并把我的整盒香烟送给他时（他连谢谢都没说一声就装进口袋里了），我听到他又找我要 5 000 法郎，还是“为了吃饭”。我大笑了起来，他便说这就是差异（在这里，每个人都承认与别人不同，因为他不是把自己当作一个人来思考，而是当作一种需要）。

阿布德拉第夫（Abdellatif）是那样的高兴，他在武断地解释巴格达执行绞刑的原因。既然审判这么快，那么，很显然被指控的人犯有罪行。因此，情况很明了。这种粗野残暴的愚蠢之举与他新鲜温暖的身体和无所事事的双手形成了矛盾。他讲述他的复仇教理的过程中，我还在傻乎乎地继续握着他的手。

一个陌生的男孩子受伙伴的派遣来拜访我。“你要什 37
么？你来干什么?”——“这是很自然的事!”（他后来的回答是：“为了表示亲切!”）

谢拉市（Chella）的公园：一个身材修长的少年，头发柔顺，一身白色，牛仔服里面露出几条穗子。陪伴他的是他两个蒙着面纱的姐姐。他长时间地看着我，然后吐了口痰：是不欢迎我还是无意为之？

很难给这个曾向我提出要求的小伙子从巴黎带回一件“纪念品”：像他这样十分贫穷的人，给他什么物件好呢？一个打火机？那用来点什么香烟呢？我最终选择了常规性的纪念品，即毫无实际用途的纪念品：一个用黄铜制作的艾菲尔铁塔。

一个法国男人，在这个保护国里是个穷困潦倒的人
（他开着一个小药铺），患有失语症（嘴被步枪子弹打穿过，
38 他艰难地对我喊叫着），但更准确地说是患运动失调症。虽
然他缓慢而艰难地为丁烷油灯找到了两根灯芯，但却突然
以明快、有力和清晰的声音，两次对他的狗（那狗只是待
在那里，一动不动）发出斥责：混蛋！

德里斯·A不知道精液叫精液，而把它叫做排泄物："注意，排泄物要来了。"——没有比听到这些更使人难受的了。

另一个叫斯劳维（Slaoui）（即搞体操的穆罕默德），他干脆而准确地说——射精："注意，我要射精了。"

下楼梯的时候，我把拖鞋给一位（英俊、容光焕发、热情洋溢、正直的）名叫穆斯塔法的人，让他拿着，而我则去取我的钥匙（“请为我拿着”）。我后来注意到他把拖鞋留为己用了（并不办理借用）。

在银行：一个盲人乞丐脚步蹒跚地走了进来，他用探
路杖点着门、柜台、业务窗口，用手摸着钱柜的墙。一位 39
顾客给了他一枚硬币。出纳员说话了：“别这么做，不要让
他习惯了。”（就像一只苍蝇，它只在一段时间之后才干
扰人。）

在昼夜咖啡馆，一个擦皮鞋的人，目光专注，满脸堆笑，专心敬业。他名叫德里乌伊赤（Driouich）（是个小苦行僧）。离开时，虽然已经走出了很远，他还是向我做了一个友好的表示。

拉胡西纳（Lahoucine）在家里。他坐在我的对面，一动也不动，平心静气，整个上午都死气沉沉。两只手从来都没有这样闲在过：这种闲，只有画家才能抓得住。面对这种情况，我常以一种过分的方式来对待——总在做某件事情，不停顿地改变这件事情：写点东西，拿张纸，读点什么，削削铅笔，换一下唱片等。

楼舍的守门人穆莱（Moulay），向我急切地打了个手
40 势。他告诉我，在我外出旅行期间，他年轻的妻子阿依莎
(Aïcha)，为了保护我的房间不被“偷窃”，将睡在我房间
进门处长沙发旁边的草编席上（那是一块很小的草编席，
是供从床上下到地板时使用的）。

一位年轻的法裔北非人——富足的小市民勒巴蒂(R'bati)，把一件羊毛衫披在肩上，两只袖子在胸前打了一个结。他把汽车钥匙放在昼夜咖啡馆的桌子上。他说话武断、急促，就像脖子突然被扭断时所发出的声音那样。

两位读法律的大学生：

一位叫阿布德拉蒂夫（学习法国法律），西方化程度较深，（据说）在瑞士待过两年，英俊（天蓝色的羊毛衫，米黄色细绒西服），声调优雅，谎话连篇（他说他读大学二年级，据我所知不是这样），大谈特谈（这个国家的）烦恼，但他向我提了这样一个问题："您怎么看待蓬皮杜？"

另一位叫纳吉布（Najib），是我第二天在同一地点见到的，他取代了上一个。他是学阿拉伯法律的，自然也很
41 英俊，但衣着穷酸（白色的小夹克衫，酱紫色宽边条绒裤，一双破旧的带系环的皮鞋），目光温和，两手细嫩而微凉，他不夸夸其谈"烦恼"，而是立志成为一名部长。他这样说的时候，出口干脆，就像说当医生和当律师那样。他请我给他解释一下，部长们改变工作岗位时，他们是否具有一定的专业和能力（我无意批评）。

财务局，按照法国的说法是堡垒，一直被一群残疾人包围着，他们吵吵嚷嚷，就像一群麻雀，哪里有粪便就去哪里闹腾。一位双腿残疾者，（表面看去）是看管自行车的，猛烈地向一个不幸的顾客撞去。

在一群高中生的戏谑性游戏中，一个学生提出了最后一个作文题目：请比较拉伯雷的教学法与蒙田的教学法。

H 的伙伴们说他“非常好色”（这种说法，由于法裔北 42
非青年人口气冷淡而更让人感到不安）。在我看来，H 变成了一个非常好色之徒。不过，这种称谓的意思在后来则被人猜想成：H 在被人嘲弄。

“我感觉到我就要爱上你了。我很是烦恼。怎么办呢？”

——“把你的地址给我好了。”

然而，在小个子穆罕默德向我背诵他刚写的诗歌（但愿这不是苏里·普吕多姆[①]的诗歌）的时候，我强烈地感觉到，他很高兴和我相遇，因为我会让他到邻近的杂货铺去为我买半公斤的番茄汁。

① 苏里·普吕多姆（Sully Prudhomme，1839—1907）：法国诗人。——译者注

阿马勒（Amal）似乎对他的名字很满意，他立即告诉
43 了我他的名字，并高兴地告诉了我这个名字的意思。（他
说：“我叫希望。”）当这个词在一首歌里出现的时候，他又
兴高采烈地重复了这个词。

（显然还是）穆罕默德，他是一个警察局局长的儿子，后来（高中毕业之后）又想成为警察监督：这才是他的志向。此外（他说），他喜欢足球（踢前锋），喜欢玩电动弹子游戏，也喜欢姑娘。

尽管商店的橱窗摆满了各种最富有技术性的音响设备，两个售货员还是无法卖给我我想要的一台收录机。那个年轻的售货员，不懂得如何打开他拿给我的收录机。他胡乱摆弄着各种旋钮，结果出人意料，盖子脱落了，噪音刺耳，没有一点音乐，音乐就是不肯出来。另一个是老板，我不知道他在忙什么，满脸不高兴。他立即就断言说供货质量有问题。想花 80 000 法郎买一台收录机，却遇到这种情况。

一天上午，大概10点钟的时候，我遇到了穆罕默德· 44
L，他浑身乏力，两眼惺忪。他说他刚刚起床，因为昨天晚上他为了给正在创作的剧本写几段诗而睡得很晚，“无人物、无情节，等等”。此前的一天上午，小个子穆罕默德曾对我这样说：写诗是“为了消愁解闷”。在这里，诗歌可以让人晚睡。

一个星期天的早晨，我在跳蚤市场泥泞的地面上认识了阿米杜（Amidou）。他是高中一年级的学生，是未来的体操教师。他贫穷但热情，短短的风衣，褪色而走样的皮鞋，两只好看的摩洛哥人的眼睛，卷曲的头发。他想必正在“思考”明天的“莫里哀的小丑”的模样。

（阿米杜：我倾向于去掉 H，因为：

像淀粉一样柔软，

像火绒一样易燃。）

我喜爱阿米杜说话时的用词：梦想和奋发，为的是全
神贯注和自我享乐。奋发是植物性的、分布性的、扩散性 45
的；享乐是精神性的、自恋性的、肥胖性的、封闭性的。

斋月：月亮马上就出来了。应该再等半个小时才能做爱：“我开始梦想。”——“这允许吗？”——“我不知道。”

那一天A在“梦游一番”之后走了出来，在街上，人们看到他的短裤被淹湿了。但是，他依照教规不能去洗澡，因为在他的寄宿之地，每周只能洗一次淋浴，等等（怨恨转向国家）。

他们坐在阳台上，等待着清真寺尖顶上宣布斋月结束的红灯点亮。

在斋月的每一个晚上，大约 5 点钟的时候（现在是 11 46
月份），伊斯兰教区的“解放饭馆”从街上看去变成了一处收容所，门前摆着长长的桌子，周围是正在喝汤的人群。那唯一的堂倌跑来跑去，犹如一个打杂的修士。

纳西里（Naciri）很懂法语。其证明就是，他可以从容不迫地组织外文句子：“Ils ont dû sortir ce soir（法语，意为：今天晚上，他们大概是出去了），because Ramadan（英语，意为：因为是斋月）。”

“会计主任”（一个面庞俊俏的青年）郑重其事地说：文明，只有在人们了解其权利、意识到其义务的时候才存在。在这样说之后，他一边跟着我们，一边大笑了起来。

本周五，在斋月结束的晚上，还继续禁止吸烟，因为
47 在经过街道进入一个犹太人家庭的时候，安息日已经开始。

他们是几位法国教师，正在讨论攻读博士学位计划：都要经过哪些考试呢？困惑，不安。突然，他们中的一个高声喊道：“（学位）课程开始了！”大家这才大大松了口气。

头发的精彩展示：为我擦皮鞋的小伙子，低着头，让我看他有一大块秃斑的头顶。可是，在我离开的时候，便道上，一个衣衫褴褛的孩子，正用一把玩具梳子使劲地梳理着他贴着头皮的满是污垢的头发。

他的手非常细嫩，保养得非常好、非常干净（刚刚洗过），这与他展示双手、玩弄双手、说话时像北非人那样以微小手势传情很是协调。他的黑色短统袜制作精致，就像高档商品一样，这与他伸展大腿的方式是相得益彰的。

48　　一个擦皮鞋的年轻人，精神有点异常，说话不成语句，经常扑到我的面前，凑到我的鼻子底下一个劲儿地跟我说：“我，擦皮鞋，中国的（褒义形容词）。”

在同一天：

一方面是作为城市富足小市民的大学生。他为了“缠住教授”，在众人面前傻乎乎地装腔作势，向我提出了一个非常愚蠢、不值一驳的问题，以至最后只能被看作是不怀好意的表示。

另一方面是身为平民百姓的穆斯塔法，别号穆斯塔。他的头发很短，一双杏仁眼大而美丽，脑袋和罗马人的脑袋像极了，他温柔和善。他 18 岁，出生在非斯市（Fez），因贫穷而辍学。他来拉巴特是想找点工作干的，以木工身份住在阿卡里（Akkari）。他每周挣3 500 法郎。他父亲没有任何活计，他母亲纺羊毛。他住在一个姐姐家。他是一个没有任何敌意的人。

一位意志坚定的小个子法国女人，她矮小的丈夫提着
49 好几件大行李，在她回答车站检票员的话（“你们拿得太多
了”）时说：“那些行李工，都是小偷，我们，我们不能接
受。”检票员憨厚地大笑起来，不过却像行李工一样精神
疯癫。

几个年轻的法国人，在几位姑娘面前炫耀自己，他们故意用过分法语化的语调说英语（这是在不丢面子的情况下，掩饰他们永远说不准正确的语调）。

在梅迪纳（Médina）：晚上 6 点钟，在有着零零散散小贩的街道上，一个面容忧郁的男人在便道边上向人们兜售唯一的一台绞肉机。

在飞机上，我后面是一位年长的法国女人，她一边和身旁的一个女人聊天，一边做着绒绣：灰白色的底布，上面画有过时的花卉图案。后来，飞机着陆并停下，她中途不下机，继续做她的绒绣。她在飞机的运动中处于绝对静止的状态：这是一个心态平静的人。

50 火车上的两个检票员，懒散成性，做事拖拉，现在坐在酒吧里。年轻的微笑着把一杯咖啡递给年长者，年长者微笑着推让。后来，我又看到他们：年长者只不过是个助理检票员，他的大盖帽上只有一颗星，而年轻人则有两颗。

在火车上，在我的周围：1）一位妇女，独自一人，话中带有古代日耳曼语的声调（是阿尔萨斯人还是瑞士人?），留着马尾式发束，发髻上系着一条围巾；她试图与我说话，在我拿一个菜盘时，她也去拿；她不喝酒，只想要汽水、冰块等；她在阅读《里弗，充满神奇的大地》（*Rif*，*terre de légendes*）[①]。2）一位黑肤色的摩洛哥女人，脸上长有疱疹，她穿着一件散发着葡萄酒气味的黑里长袍，脚踩一双环式系扣鞋，怀里抱着一个头发卷曲的小男孩。3）一位衣着寒酸的法裔北非女人，正在钩织着一个复杂的毛线网结。4）两个同性恋女人在玩纸牌。5）一个年轻的摩洛哥小伙子，打着赤脚。

① 这是一本介绍摩洛哥北部里弗山区的导游书籍。——译者注

集体出租车：一位得土安市的“议员”（他是建筑师，
51 因在马德里建造了一条街道而成了亿万富翁），在夜雨之
中，为我们大家乘坐的出租车的年迈司机（他穿着灰色的
工作服，戴着黄色的无边圆帽）指路，因为后者什么都看
不见。议员高声地叹息着，讲话突然而生硬，就像驾驭着
一头拉着四轮马车的老马，然而那老马却是非常听话的。

阿兹鲁市（Azrou）的手工业合作社里坐满了年幼的女孩，她们像是一群沿着大毛毯挤靠在一起叽叽喳喳的小鸟，同在鸟笼子、小教室里一样混乱。她们就是从这里走向萨德[1]描写的后宫的。

---

① 萨德（Donatien Alphone Françàoi，Marquis de Sade，1740—1814）：法国色情作家。——译者注

在伊托市（Ito），面对着一片开阔、高贵的风景之地，我们当中的一位出于开玩笑（非常有必要指出这一点）而装出（某位花花公子的）一个赤身裸体女子的样子，给卖宝石的年轻人莫哈（Moha）看。莫哈微笑着、克制着，一本正经，保持着小伙子应有的距离：他在控制着试图让他犯愣的场面，而另一个则是没完没了的歇斯底里，无法解脱。

一个小伙子（阿布德勒卡德尔，Abdelkader），微笑
着，两眼炯炯有神，出言干脆，待人十分友好。在他的荣 52
耀感之中，除了极富文化性的东西之外，还表现出几乎是
怜悯的本质；没有其他解释［在提内里尔（Tinerhir)］。

两个嬉皮士打扮的为人织补衣服的人。意识形态：其中一个对我谈论“意识流”。经济主张：他们两人准备在马拉喀什市（Marrakech）购买印度人制作的衬衣，然后高价卖到荷兰去。习惯性做派：他们刚坐进汽车里，就点燃一支香烟，下意识地做出忘乎所以的样子（在有人给他们递上一杯咖啡的时候，他们立即醒了过来）。

但是同样：在塞塔市（Settat），我停下车，带上了一个12岁的男孩。他有一个巨大的塑料袋，装满了橙子和橘子，还有一个用杂货店包装纸包着的盒子。他听话、认真、谨慎，不丢掉任何一样东西，他把它们放在自己的膝盖上，放在他的带风帽的长袍的凹下去的地方。他叫阿布得拉蒂夫。在一望无垠的原野上，看不到一处村庄。他让我停车，用手指着平原：他要从那里走过去。他抓住我的手，给我两迪拉姆（dirhams）（这兴许就是他准备的公共汽车钱，他一直把它攥得紧紧的）。

53　　在马拉喀什生活的艺术：坐在四轮马车上和骑自行车的人隔空聊天；在收到一支烟、定好下一次见面的时间后，骑车人扭转车把，悄悄地溜走了。

在萨玛里纳（Samarine）街，当时我逆着人流而行。我忽然间感到（毫无色情之意），那些人每人都有一个阴茎，在我的步伐的节奏中，每一个阴茎都像是加工制造物，随着模具的开启有节奏地脱落下来。但在人流中，在同样的粗布质料、同样的颜色、同样的破旧衣衫之下，有人偶尔没有阴茎。

马拉喀什市场：在成堆的薄荷中间有不少野玫瑰。

马拉喀什的一位矮个子的小学教师说："我可以做您想要做的任何事。"他这样说的时候，眼睛里充满了感情、善意和共事的愿望。但这就意味着：我将欺骗您，仅此而已。 54

一个黑人，穿着白色的长袍，脑袋缩进风帽里，因此显得更黑，以至于我把他的脸看成了女人的黑色面纱。

在从马拉喀什到贝尼-梅拉尔（Beni-Mellal）的路上：一个穷苦的青少年，他叫阿布德拉卡伊姆（Abdelkhaïm），他不会说法语，顶着一个乡下用的圆圆的篮子。我把车停下，带上他赶几百米路。他刚一上车，就从篮子里拿出茶壶，给我斟了一杯热茶（是热的，但又能热到什么程度呢?）。后来，他下车了，消失在公路的一侧。

一个很穷的搭车人，为寻找活计而奔走在城市之间
（他的眼里充满了热情），他为我讲了一个关于小出租车的
悲惨故事（此时我们正走进一处茫茫的森林）。这个小出租
55 车的司机被四个装扮成女人的乘客杀害了。“可是，不过是
一辆小出租车，没有多少钱。”——“这无关紧要：贼，始
终是贼。”

我在半路上拉了一个我不认识的摩洛哥人，他对我这样说："先生，你要记住，你不该（停车）拉一个你不认识的摩洛哥人。"

一个姑娘向我乞讨："我父亲死了。我讨钱是为了买个练习本和别的什么。"（乞讨的丑陋之处，在于不脱俗套。）

在阿加迪尔（Agadir）和塔姆里（Tamri）之间的公路上，一个从身上的制服猜不准是做什么工作的人：他是普通人，浑身脏兮兮的，弯腰驼背，但是戴着一顶公务员的帽子，别着一支左轮手枪。他是森林守卫。他喜欢阅读侦探小说，因为“在某种程度上他也属于警察（他看管森林，防止树木被盗），他也可能会遇到类似的问题，等等”。

56 这位摩洛哥大学生，牙齿长而外露，长着一撮山羊胡子，他是里尔天主教大学的奖学金获得者，因为在那位于高原的村庄里，他有过一位白人父亲。他读（或者不读）《恶之花》。

一只骆驼，两条前腿弯曲着、被捆着，迫不得已跪着接受侮辱，它使出全身的力气站起来。另一只骆驼则蹲在地上，一动不动，鲜血淋淋，嘴上也满是鲜血，像是在当众受罚。周围一圈人（都是些游客，其中一个大腹便便，肤色微红，穿着紧身运动裤，照相机斜挂在身上）骇人地喊叫着，他们从人的本心反对这样做。骆驼的主人是一个矮小的黑人，他抽打着它，并抓起一把沙子向它的两眼撒去。

吉拉尔（Gérard）的父亲是法国人，母亲是当地人，他想为我去加宰勒多尔（Gazelle d'Or）带路。他躺在汽车里，让人猜想他的本事。接着，他就像是找到了什么宝贝似的，想出了最后一条无可反驳的理由："你要知道，我还没有割掉包皮呢！"

三个年轻的德国佬坐在峭壁上，非让我教给他们一句 57
法语。“怎么说……呢?”在回答他们的时候，我意识到，生殖器（cul/con/queue）一词处于一个塞音聚合体[①]之中。而他们则一下子变成了语言学家，对此他们也感到惊讶。

① “Culconqueue”一词中的字母 c 和 qu 均发［k］音，都是塞音，它们属于一个聚合体。——译者注

一个小男孩坐在公路旁的一堵矮墙上，可是他并不看公路——他好像永久地在那里坐着，他为了坐而坐，爽快地在那里坐着：

“安静地坐着，什么也不做，

春天来了，小草在独自生长。”

一位叫让（Jean）的人，是个年轻的教师——教什么的呢？他弯腰看着我的书："这个（指普鲁斯特），我从来没有读进去。可是，我感觉到那一天正在到来。"他的朋友皮埃尔吃了一惊，坚决而略带鄙夷地说（对答话漠不关心）："您做批注吗？"

58 在阿兹木尔（Azemmour）：我买了一个带盖的大汤碗，卖碗的是一个年轻人，豁牙，他约我到他的“自己的小屋”去见面。

在一个很简陋的药房里，药剂师于连（Julien）先生，忙乱地应对着一群一群排队不整齐又懒得动、身穿长袍、手提一桶桶埃戈尔洗涤液（Hegor）的山里人，他们懒洋洋地，排着散乱的队。

梅伊乌拉（Mehioula）很高兴：宽阔的厨房，夜间，外面下着大雨，煮着辣粥，巨大的烷石灯，小萤虫飞舞着，温暖，他穿着带帽长袍，在阅读拉康的作品（拉康竟然进入了这种粗俗的舒适环境之中）。

看管伊斯兰隐士墓的人，是位上岁数的缺牙少齿的妇女。她给村里的男孩子们讲授教义，并向每人收取 50 法郎。

（坟墓在一间用泥土搭建的房子旁，房子的编号为 61 59
号，是用来为死者净身的。坟墓是打开的，地上有几块编
织物。几块布作为赠品搭在涂成绿色的木质棺匣上，棺匣
上摆着一张褪色的前苏丹王的照片。一双拖鞋放在一块编
织物上。）

M先生病了，蜷缩在一块编织毯的角落里，两只烧得发烫的脚藏在他棕黄色的长袍里。

缺牙少齿的高大汉子（神情恳切而固执），以确信的和充满激情的语调小声对我谈起了香烟中一个最一般的牌子，他说：“侯爵夫人牌香烟（Marquise），在我看来，就像是印度大麻烟末。”

个子矮小的I，给我送来了一束花，那是一束真正的野花：几枝天竺葵，一枝红色犬蔷薇花，两枝玫瑰，四枝茉莉。他之所以如此，是因为我曾经使他极为高兴：在给他
60 的一张纸上，我用打字机以多种方式打出了他的名字（以花来换取打字）。

由于给过其中一个一片阿司匹林，现在，所有的人都头疼起来，于是，就出现了医院里发放药片的情况。

一群男孩子，大伙儿凑钱招了一个妓女。其中一个骑自行车跑了 30 公里到 A 地把她接了过来，并带来了饮料。随后，他们便蜂拥而上。

在这个国家里，童子军的脾气有可能很怪。我带了三个到城里：他们衣着褴褛，头发又长又乱，有的戴着参战时的古怪帽子，有的戴着流氓的帽子——不过，他们打着小旗子，戴着徽章，行童子军礼，说着漂亮话（“童子军是大家的兄弟”）。在其他人高唱悲壮的童子军歌（歌曲叙述的是一个孤儿的故事）的时候，打着赤腿的“负责人”神情非常严肃。

泥瓦匠阿哈莫德·米达斯（Ahmed Midace），在门上
方的水泥墙上，用拙笨的大字体刻下了这几个字：强行设 61
置的厨房。父亲不想要这个额外的厨房，而母亲则很想要。

两个赤身裸体的青少年，慢慢地穿过乌爱德河(l'oued)，他们的衣服打成包顶在头上。

（从背后看去）驴背上驮着一个平心静气的穿着带风帽长袍的人，他在田野里不时地重复着一些手势。

1969 年

今晚在帕拉斯剧院[①]

65 我承认，如果一个地方空寂无人（我不喜欢空寂的博物馆），我是无法对它的美产生兴趣的。反之亦然，如果要发现一副面孔、一具身体、一件衣服的吸引力和品味并与它们相遇，产生这种发现的场所也必须具有吸引力和情趣。这大概就是帕拉斯剧院吸引我的原因，我对此有所感悟。就因为它是现代的或极为现代的吗？不过，我却在那里再次看到了真正建筑术的影响力，因为这种建筑术的核心在于美化走动的人、舞蹈的人，在于活跃的空间和建筑物。

如今，剧院很容易销声匿迹。我第一次观看贝盖特[②]

---

① 该剧院当时已由罗兰·巴尔特的朋友法布里斯·埃马尔（Fabrice Emaer，1935—1983）改造成了一处特别的夜总会。——译者注

② 贝盖特（Samuel Beckett，1906—1989）：用英文和法文写作的爱尔兰作家。——译者注

剧目的那家剧院现在变成了修车房，其他一些剧院也都变
成了电影院或住宅。帕拉斯剧院幸免于难。首先是因为人
们在此上演节目，其次是因为一开始（甚至中间好几次） 66
就是剧院的帕拉斯，这里一切都保存完好：舞台，帷幕，
楼亭，正厅——虽已变成拍卖经纪人的坐席，但还是可以
站着或坐在坐垫上看戏。几个宽大的入口都饰以深红天鹅
绒挂帘，给人以经久的激情。登上楼梯，眼前豁然开
朗——这里灯光人影交错，然后你像行家里手那样突然进
入神圣的演出中（尤其在这里，表演是全场性的）。剧院
(théâtre)，这个希腊词源自一个动词，其意思是“看”。帕
拉斯正是用于看的一个地方：人们花时间来看演出大厅，
舞蹈之后回到这里，再一次看它的大厅。

帕拉斯剧院大小适中。这就意味着此处无需担心（有人还经常在此过夜）：太小，会使人感到窒息；太大，又会使人感到冷清。人们可以从楼上走到楼下，也可以心血来潮改变位置。别的剧院里是没有这种自由的，在那些地方，每个人都被规定在一个座位即其金钱的位置上。然而，自由还不足以提供良好的空间。某些实验表明，小白鼠被放进一个没有任何标志的空旷场地时，它会焦躁不安。要在某处空间里感到舒适，实际上，我必须能从一处标志走到

另一处标志，能在一个角落里就像在一处平台上那样舒适安然，而且应该像鲁滨孙怡然独处孤岛那样，可以从一个
67 住处到另一个住处。在帕拉斯剧院，亲切宜人之处很多：供闲谈的沙龙，供会友和舞间休息的酒吧，供在几道栏杆之外观看辉煌的灯火与舞蹈表演的平台。在我驻足的每个地方，我都有趣地感到自己仿佛身处皇帝的包厢，甚至在那里支配着演出。

现代艺术，即日常艺术的重要材料，今天，难道不就是灯光吗？在一般的剧院里，灯光在远处，仅限于舞台。在帕拉斯剧院，整个剧场都是舞台。在这里，灯光占有极大的空间，它如同演员一样在其中活跃并起作用。一种富有复杂而细腻精神的睿智激光，就像要木偶的艺人一样，制造出无数神秘莫测、变幻疾快的光束：圆形的，长方形的，椭圆形的，轨道形的，缆索形的，星系状的及螺旋形的。值得注意的东西，并不是技术成果（不过，这在巴黎还很少见），而是从材料（活动的灯光）和实践上讲，一种新的艺术已经出现。因为总体上而言，它是一种公共艺术，完成于公众之中而不是面对公众；它是一种整体的艺术（这曾是古希腊人和瓦格纳的梦想），在这种艺术中，闪烁的灯光、音乐和欲望融为一体。这意味着，“艺术”在不与

以往文化脱节的情况下（使用激光对空间进行雕塑可以很好地唤起现代的造型尝试），可以在文化的条条框框之外展开。这是一种被新的消费方式所规定的解放：人们在观看 68
灯光、人影和装饰的同时，也在干别的事情（跳舞，说话，相互注视），这是古代戏剧就有的实践。

在帕拉斯剧院，不必跳舞就能与这个地方建立一种有活力的关系。我独自一人，或只是在旁边待着，就可以“梦想”。在这个人性化的空间里，我可以在某个时刻喊一声：“这太怪了！”奇怪的是，我在旧的舞台帷幕上看到了法国航空公司的一条图像广告：勒·阿弗尔-普利茅斯-纽约（奇怪：在这一串地名当中，竟是普利茅斯使我浮想联翩，难道这个中转站有什么浪漫的神话?）。奇怪的是，脸色阴沉（反光的作用）的舞者处在不时盖住舞池的烟雾之中，他们像闪耀着红光绿影的屋顶之下的木偶一样滑稽。奇怪的是，摆动翻转的反光镜。奇怪的是，那些看似希腊风格的茶色壁画，沿着檐壁流露出古代智慧的遗迹。

帕拉斯不像别处的那种“夜总会”。它在一个特殊的地点集中起通常是分散的乐趣：对作为受到精心保护的建筑物的剧院的兴趣，即目光的享受；现代物的刺激性，即对由新技术引起的新的视觉兴奋的探索与应用，以及跳舞的欢乐和可能遇到的诱惑。这一切集中起来，便构成某种很

古老的被称作节日的东西，它与消遣大不相同，消遣完全
69 是在一夜之间使人们变得快乐的一种安排。新东西是这种综合、整体和复杂的感受：我处在一个可以自足的地方。由于这种补充成分，帕拉斯剧院不再是一家普通的企业，而是一部作品，那些参加过对其构想的人都理所当然地是艺术家。

普鲁斯特也该喜欢这个地方吧？我不知道：现在这里没有了公爵夫人。然而，我从高处俯视帕拉斯晃动着五颜六色光束和舞动着无数身影的正厅，猜想着那些年轻人在我周围的座位和包厢的黑影之中忙来忙去的原因，这个时候，我觉得再一次看到了在普鲁斯特作品中读到的已经变成现实的某种东西：今晚的歌剧院、剧院的大厅与楼下的包厢，在一位年轻的叙述者眼中，构成了一处水域，水中柔和地闪耀着羽饰、目光、珠宝、面孔和按照海神的举动构想的动作——在诸海神中间，盖尔芒特公爵夫人威严端坐着。总之，这只不过是一种隐喻，它远远地游弋在我的记忆里，又以一种最后的魅力来美化帕拉斯剧院——这种魅力便是文化虚构物的魅力。

1978 年 5 月，《男士时尚》(*Vogue-Hommes*)，总第 10 期

巴黎的夜晚

“好啊，我们终于顺利摆脱了。” 71

——叔本华（见于其去世前写的一页纸上）

1979年8月24日[①]

73 （昨天晚上）在花神（Flore）咖啡馆里，我在读一份《世界报》，报上无重大事件。我的旁边，两个小伙子（我见过其中一个，我们甚至相互打过招呼。他面庞端正，显得俊俏，但指甲很长）长时间地在争论电话定时叫点的问题：电话铃响两次，如果醒不过来，它就不再响了。现在，这一切都由电脑来负责了，等等。在地铁里，我似乎觉得车上坐满了年轻的外国人（也许是去北站和东站），一位具有美国乡村风格的吉他手正在一节车厢里演奏。我出于谨慎而选择了另一节车厢，但是在奥戴翁（Odéon）车站，他也换了车厢，到我所在的车厢里了（他想必是要在整列车里演奏）。看到他，我赶紧下车，上到他刚下来的那节车
74 厢里（这种演奏像是一种歇斯底里的发作和一种威胁，也像是狂妄自大，一直让我觉得是一种折磨；但在眼下，就

---

① （注释编号）这是我写日记的日期，原则上写的是前一天晚上的事。

好像这种音乐或整个音乐不论什么时候都理所当然地会使我感兴趣一样）。我在斯特拉斯堡-圣德尼车站（Strasbourg-Saint-Denis）下车，车站里充斥着萨克斯管独奏的声音。我在一条走廊的拐弯处看到一个瘦瘦的黑人青年正在吹奏萨克斯管，发出这种洪亮和“轻率的”声音。这是这种居民区具有的变形特征。我看到了阿布吉尔（Aboukir）这个街名，同时想到沙吕斯[①]曾提到过这条街；我并不知道这条街道会与大街挨得很近。

还不到8点半，我放慢脚步，以便正点到达104号，在那里，帕特里西亚·L（Patrcia L）会下来为我开门。这个居民区人烟稀少，街面很脏，一阵夹着暴雨的冷风猛烈地呼啸而过，并带起了大量包装垃圾——这是这个批发加工区的运输残留物。我发现了一块很小的三角形开阔地(我认为是亚历山大街)。那个地方很美，但也脏乱，有三株老梧桐树（我甚至因其密不透风而感到窒息），几条长凳形状怪异，像是几个棕色的木箱子，在最边上，有一个低矮的被涂成五颜六色的石砌建筑物。我以为它是一个很小

① 沙吕斯（Charlus）：应该是法国作家普鲁斯特《追忆似水年华》中的人物，罗兰·巴尔特对其多有论述。——译者注

的非常寒酸的音乐厅，但我错了，它居然是一个服装加工店。旁边的一面墙上，有一张很大的电影宣传海报［佩泰尔·尤斯蒂诺夫（Peter Ustinov）被两个女人围着］。我一直走到圣德尼街（Saint-Denis）。但是，那里妓女很多，不改变方向的话就无法真正地“闲逛”。

75 我顺原路返回，实在令人厌烦，没有任何橱窗可看，于是我便在小空地的一条长凳上坐了片刻。几个孩子在那里玩球，又嚷又叫。其他的孩子则以相互猛烈地推搡取乐，听任自己摔倒在大堆大堆的纸屑上，这时已经起风了，风把纸屑吹得到处都是。我自言自语道：简直是一部电影！我似乎应该把这些拍成电影。我有点胡思乱想：我在想象有一种技术能使我立即把这场面拍下来（比如我衬衣上的一个纽扣就是一部完美的摄像机），而另一种技术借助于风的力量能使这个空地变成事后可以改变（transporter）[①] 人物的布景。这个角落的阴霾强烈到使我心悸，最后我还是到了104号，而没有继续浮想联翩。返回时正好路过皇家-阿布吉尔（Royal-Aboukir）旅馆（什么名字！）。在巴黎的这个小城里，这个地方就像是纽约的贫民窟。吃晚餐的时

---

① （罗兰·巴尔特在此似乎写的是）转换（transformer）。

候（一大盘意大利煨饭，但那牛肉当然生得很），由于几位朋友在场，我感觉很好：AC、菲里普·罗杰（Philippe Roger）、帕特里西亚和一位年轻的妇人弗雷德里克（Frédérique）——她穿着非常合体的长裙，其少见的蓝色之美使我心静，或者说至少使我愉悦。她不大说话，然而她的在场——这种细心听别人讲话而不是喧宾夺主的在场，
是获得一种美好的夜晚时光所不可缺少的（不过，安德 76
烈·T 还是觉得不够）。我们谈了他们所谓的“平庸小事”（“在英国维多利亚火车站，我遇到了一个说法语的西班牙女人”），同时又对这个概念的定义表现出了兴趣和不满。我们也谈到了霍梅尼（我说我对人们只提供情况而从不进行分析感到遗憾，我也对没有人能告诉我们伊朗的社会阶级关系——在这一点上我怀念马克思——而感到遗憾）。接着，我们又谈到了拿破仑（因为我正在阅读《墓中回忆录》①）。

大约 11 点半的时候，我第一个离开了，当时我很想撒尿，由于担心找不到出租车而必须乘地铁，我便进入了圣

① 《墓中回忆录》（*Mémoires d'outre-tombe*）：法国作家和政治家夏多布里昂的作品。——译者注

德尼门对面大街的一家小酒吧。我刚推开洗手间的门，就看见靠门的一个角落里有三个模糊的人（半男，半女），他们正在谈论一个马赛的妓女（按照我所听懂的来判断）。一个英俊的有着文身的亚洲人（我看到那蓝绿色文身花纹从短袖衬衣的袖子处露了出来）正在教一个生手打弹子游戏。酒吧的堂倌和老板娘有些粗俗、疲倦，但热情不减。我自言自语地说：这倒霉的职业！出租车散发出难闻的污垢气息和药房的气味——然而出租车里严禁吸烟（车窗上贴有一个圆形标志图，一支香烟被置于禁止的标志下）。

上床后，就在杰尔玛妮·塔伊费尔（Germaine Taillef-
erre）在电台里以我喜欢的嗓音和语调滔滔不绝地谈着那
77 些平庸琐事和得意趣闻的时候，我不耐烦地等着斯特拉文
斯基（Stravinski）和萨蒂（Satie）的唱片结束，以便重新去听前者的播音。这时，我看了看《M/S》[①] 的头几页，该书刚刚在色伊出版社出版（F. W. 此前曾对我说过）。我在想我还能说点什么，尽管这本书是下了工夫和满怀热情地去写的，我还是只能发出“唉……唉”的感叹声。随后，我

---

① 此书应该是色伊出版社当年出版的《医学科学》（*Médecine en Science*）的缩写。——译者注

又继续兴味盎然地阅读《墓中回忆录》中拿破仑的故事。熄灯之后，我又听了一会儿电台播音：一个尖酸而脆弱的女高音，拖着一声长长的乏味的（与其他无异）古典的（像是康普拉[1]的作品）音调。

① 康普拉（André Campra，1660—1744）：法国作曲家。——译者注

1979年8月25日

79 在花神咖啡馆，只有埃里克和我在一起，我们要了一点绿霉奶酪（Francfort）、几个鸡蛋和一杯波尔多葡萄酒。没有确定的要会见的人。一位满脸银白胡子的先生来到我的餐桌旁，说再一次邀请我去他的传播学院，所有费用由他支付。由于我的推辞，他立即补充说：“从政治上讲，我们是完全独立的（我没想过这些，我主要想的是我与他在布宜诺斯艾利斯几次共进晚餐时的烦恼——我们必须用英语交流）。”一个年轻的小伙子独自一个人坐了下来，说不准他是哪国人（从他的杏仁眼来看，他是外国人）。他的上衣又紧又瘦，但是深色的，属于会客时的着装（至少像幼儿园阿姨的着装），领子有点乱，系着一条扎结得很紧的细领带，最后（或是以此开始），脚上是一双古怪的红色鹿皮鞋。有个卖《夏尔丽周报》（*Charlie-Hebdo*）的人走过。
80 周报情趣不高，封面是一张上部呈色拉绿色的纸，上面写道“柬埔寨人的头：2法郎”。可就在此时，一个柬埔寨小伙子神色慌张地走进咖啡馆，他看到了周报封面上的图画，露出明显的惊讶之色。他气愤不已，买下了周报：柬埔寨人的头！在这期间，我和埃里克小声地讨论隐私日记的问题。我对他说，我想在刚为《原样》杂志写完的文章上为他写上几句祝词，他那自发的兴奋使我感动（这是那天晚上的小小快乐）。他又陪我走过雷恩街（Rennes），他对有那么多的男妓感到惊奇，也惊讶于他们的美貌（我对此有所保留）。他告诉我他受到了 Y 的伤害，因为 Y 曾告诉他说 P 说了他的坏话（关系网中的小事故，是 Y 要的一个小把戏）。

晚上上床后，伴着《胡桃夹子》（*Casse-noisette*）的音乐声（放这个曲子，是为了说明音乐的荒诞！），我又看了最近出版的有关纳瓦尔（Navarre）地区的介绍（比其他地区写得好）和《M/S》（“唉，唉”）。但是，这就像是债务，而欠债一旦付清（分期支付），我便重新合上书本，轻松地回头阅读《墓中回忆录》，这是一部真正的书。我总这么想：现代人要是错了该怎么办呢？现代人要是没有才华该会是什么的呢？

1979年8月26日

81 在波拿巴（Bonaparte）咖啡馆，我等待克洛德·L共进晚餐，吉拉尔·L却来了（我讨厌这种突来的见面，因为我喜欢一个人呆在咖啡馆里，看看这，看看那，想想我的工作什么的）：他比任何时候都显得可怜。他说话语无伦次，伴随着卷发遮掩下的可爱微笑和镜片后或近视或惊异的蓝色眼睛。他强调说，他放弃了他的房间，现在和另一个人住在一套房子里，希望美术学院（夏天）放假的时候能在那儿找个画画的地方。可是，那个人精神不正常，使他的生活啼笑皆非。“那人多大年龄?”“24岁，是位画家。”“他勾引你?”“不是，他只是（似乎正是这一点使吉拉尔·L感到尴尬）有点不正常，等等。”从像是一位任人差使的奴隶的那种强烈的、无所不可的和毫无条件的请求
82 之中，我感觉他非常困难，他是那样的可怜。这使我激奋，并且由于几件事都混在了一起，也让我很受感动。我想象着，如果我对他立即说“那好，你就来吧”，他会有怎样的

高兴与解脱。我控制住了自己，那样做简直是疯了。

克洛德·L来了，他身上穿了件毛衣。外面下着大雨，天气很冷。我们在去哪一家饭馆吃饭的问题上犹豫不决，好在，他让我自由挑选。可是这种自由总像是一件令人讨厌的礼物，对此我不知该如何是好。他提到法兰西公学附近一家“以肉菜出名的饭店”。尽管这一想法使我扫兴，并且我也担心那里会人满为患（这是我在饭馆里用餐时最讨厌的事情），可我还是极想在雨中走一走，以至于我愿意去一家很远的饭店（为此，甚至需要开他的车去）。幸好，那家店关门了，我们只好去博芬热饭店（Bofinger）（这是我一开始就从内心所希望去的地方，因为我眼下正痴迷于这家菜肴好但价格高的餐厅）。

餐厅总管和我打招呼，使我感到高兴和拘谨。水田芥菜沙拉做得很好，其中有我特别喜欢（自从我到意大利旅行过以后）的鱼肉和煮熟的蔬菜，我还在上面浇了一点醋。克洛德·L 向我讲述他与他的朋友 J-P 去土耳其旅行的事。根据我的理解，他们好多个夜晚是在汽车里度过的，经常在深夜 1 点钟到达陌生的城市，20 天开车跑了 11 000 公里，这在我是做不到的。对我而言，从一开始，我就想跟他谈谈我的工作上的难处。可是，就像以往一样，每当我

83 想说点什么事情的时候，我总是过分认真，于是便什么都说不出来。最后，我只好把要谈的事情（它完全可以成为整个谈话的内容）缩成一句话。这时，来了一群人，其中有两个五十多岁满脸络腮胡子的人。他们似乎是一对双胞胎，大自然又一次尝试了她没有造好的东西。一个向我大打手势，他是昨天（在花神咖啡馆）见过的那几位阿根廷人中的一个；另一个似乎有点像一位艺术评论家。更远一些，两个小伙子像夫妻那样同吃一份菜，我们感到很惊讶。他们看上去穷苦，衣衫不整，脸色难看，一个像北非人，另一个带着墨镜，有一双干粗活的人的粗大污秽的手。他们在这里干什么？两个工友在此聚首开荤？

我很高兴，感到舒适，只需回到住处，随后轻松地上床休息。打开收音机，一个女人的细微、乏味、平直、缓慢、令人厌倦和不堪入耳的“呆傻”嗓音，将贝多芬的一支奏鸣曲（但是，那位蹲过监狱的阿根廷人已经演奏过了：那是一次小小的煽动活动）与一个没完没了的日本女歌手的唱片配在了一起。接着，又是一位印度歌唱家的粗哑的嗓音。这一切都是平和的：古怪又令人厌倦的节目安排，然后过渡到静静深夜。我继续兴味盎然地读《墓中回忆录》。我读到了“一百天”这一节。

1979 年 8 月 27 日

我在菁英（Sélect）咖啡馆等待菲利普·索莱尔斯（圆 85
屋顶饭店在 8 月底关门了）。露天平台上坐满了人，我不大
喜欢这个咖啡馆，也许是因为我不常来。有一个女人，独
自一人。是个“轻佻的女人”？不是，她没说一句话就走
了。我身后，有一个女人说话声音响亮，她在同一个想必
是向她讨好的男人说话，话题是占星术方面的。他们在寻
找射手座（那个男人是属这个星座的）的互补星座标志。
可笑的是，所有星座都与它互补，“甚至包括金牛座”。堂
倌在与一位顾客说话。在他细心结束谈话之前，别人无法
引起他的注意，包括卷起餐巾的时候（普鲁斯特所说的一
种场面：就像老板在厨房里摇铃）。

我们去拉·罗东德饭店（La Rotonde）用晚餐，在一
处有栏杆的地方坐了下来。旁边一个老头，情绪激动，正
（竟然还这样）向一个有点豁牙的年轻女子献媚。我们谈夏 86
多布里昂，谈法国文学，而后谈到了色伊出版社。和他在

一起，我总有快乐、想法、信任和工作激情。他热切地赞成我写作一部法国文学史的想法（这是出于愿望）。由于一时的古怪和通常少有的念头，为了抽第二支雪茄和延长聚会，我错误地喝了点烈性梨酒，搞的胃口一阵剧疼。我独自一人返回。在这8月份的周日晚上的11点，街上竟空寂无人。在瓦万（Vavin）街上，我遇到了一位年轻女子，她美丽、漂亮、涂脂抹粉，牵着一只狗，身后留下了一阵细细的铃兰香味。我沿着卢森堡公园走着，吉那迈尔（Guynemer）街直到尽头空无一人。在莫里斯圆柱亭[①]上，有一张很大的电影招贴画。演员们［雅娜·比尔金（Jane Birkin），卡特琳娜（Catherine），斯佩克（Spaak）等］的姓名都以大字突出——就像他们是无可争辩的诱饵一样。（但他们是谁？我根本不去理会！您见过我为了去看卡特琳娜和斯佩克等人的片子而出门吗？）在乌吉拉尔（Vaugirard）街46号门前（新教徒们堆放杂物的处所），我看到一个诱人的小伙子的身影。在我看到他的时候，他正进门。

① 莫里斯圆柱亭（Colonne Morris）：最初，是立于巴黎街道交会口的一种圆柱形的亭子，供张贴广告使用。由于印刷业主加布里埃尔·莫里斯（Gabriel Morris）首先获得了它的使用权，所以，便以他的姓氏命名。后来，法国大多数城市都有了这种亭子。现在，这种亭子，除了张贴广告和告示外，也多用于存放清扫街道用的工具或用作电话亭。——译者注

这天晚上，我没有强迫自己去阅读那些现代人写的令人厌烦的作品，我立即拿起夏多布里昂的书：追忆在圣赫勒拿岛（Sainte-Hélène）为拿破仑掘墓起骸的那一页太神奇了。

1979 年 8 月 28 日

87 在下午工作总是极为困难。我在大约六点半的时候出去闲逛。在雷恩街上，我看到了一个新的男妓，他用头发遮住脸，耳朵上戴着一个细细的耳环。由于 B. 帕里西（B. Palyssy）街上完全无人，我们便聊了几句。他叫弗朗索瓦。旅馆里没有空房间。我给了他钱，他发誓说一个小时后赴约，当然他并没遵守诺言。我在想我是否真的做错了（可能所有的人都会这样喊叫起来：竟提前把钱付了），从内心讲我并不真正需要他（而且我也不想睡觉），所以结果是一样的。不管是否入睡，在晚上 8 点钟的时候，我都会重新处于生命的同一定点上。只是眼睛的交会和话语的搭讪刺激了我的性欲，我支付的正是这种快乐。晚上后来
88 的时间里，在花神咖啡馆，离我们的餐桌不远的地方，又有一个天使般的人。他中分头，头发长长的，不时看看我。他敞开的洁白的衬衣吸引着我。他在阅读《世界报》，我想他喝的应该是里卡尔酒（Ricard）。他一直在那儿，最后还

向我微笑了一下。他两手粗大，这与他其余方面的温柔和纤细大相径庭。我依据他的双手在判断他（他先于我们离开；我拦住了他，因为他曾对我微笑，并且含糊地定了一个约会）。更远处，是一家子人，他们情绪激动：三四个孩子都在歇斯底里地喊叫（这还是法国），他们从远处让我感到厌烦。回到住处，一打开收音机，我就听到爱尔兰共和军伏击了蒙巴顿勋爵（Lord Mountbatten）。人们都很气愤，但是，却没有人谈论他的 15 岁的孙子同时遇难的事情。

1979 年 8 月 31 日，在于尔特（Urt）

89 我卧在沙发式柳条椅子里，吸着雪茄，看着电视（电视俨然是个大棋盘，带有音乐，使我不那么郁闷）。拉歇尔（Rachel）[①] 和 M 晚饭后就出去散步了，这时又返回来叫我——只要夜晚看起来不错，他们都会出去。我先是觉得被打扰了：什么！没有一刻不找我说这说那——尽管是为了我好。随后，我和他们出去了：我对刚才向他们发火，对向他们和 M（因为她也跟着）表现出的疏远，感到很不好意思。凡是好看的东西我都表现出热情、好奇和感兴趣，就像母亲从前那样。

黄昏来得早了一些，美妙非凡，它为了完美而几乎超出寻常。天空灰蒙，云霓稀疏，但并不叫人悲伤抑郁。远处阿杜尔河的另一侧烟雾缭绕，道路两旁的屋舍花卉簇拥，金色的半月悬挂空中，蟋蟀竞相争鸣，就像从前那样：高

① 拉歇尔（Rachel）是罗兰·巴尔特同母异父的弟弟米歇尔（Michel）的妻子。——译者注

贵、平和。可我却满心悲苦，几乎是充满失望。我在想念 90
母亲，想念不远处的她所在的那个墓地，想念“生命”。我感觉到这种浪漫式的满腹情怀是一种价值，而我却苦于永远不能将其说清楚，“它总比我写的有价值”（讲课题目）。我也对我在巴黎、在这里、在旅途中都觉得不适感到失望，因为我没有真正的庇护地。

1979 年 9 月 2 日，巴黎

91 昨天下午从于尔特返回。飞机上满是惊愕的旅客：许
多孩子、许多家庭，大家都在看我身边的一个女人向纸袋
里呕吐。一个少年带着一个曲柄球拍。我深卧在坐椅里，
甚至没有解开安全带，在一个小时里一动未动。我读了一
会儿帕斯卡尔的《思想录》，在“人的悲苦”的标题下，我
重新感受到在于尔特的那种失去母亲的痛苦心情（所有这
些都很难写出：我想到了帕斯卡尔的笔触乏味和写作的艰
难）。回到巴黎时，我心情沉重，满腹郁闷。晚上，在 JLP
家吃饭（Y 不在家）。他做了一种烤肉（烤得很熟），还准
备了黑醋拌鳄梨、法国和西班牙的甜瓜、不二价商店
（Monoprix）的袋装面包、长颈大肚的瓶装葡萄酒。达尔拉
姆（Dalarme）话很多（他一喝酒就醉意蒙蒙）。过了一会
儿，我才明白这多少是因为我（为了吸引我）。我们之间长
92 时间以来有些争论，今天是第一次从他这一边传递出积极
的信息。但是，有埃里克和 JLP 在场，我有些不便。我离

开的时候时间还很早，他想和我一起走。在电梯里，我拥抱了他，把头放在了他的肩膀上。但是，也许是因为他不习惯这样做，也许是因为还有别的保留看法，他反应冷淡。我陪他一起上了出租车，在克里西门（Clichy）（我们穿过了整个巴黎）与他握手告别。在用餐的时候，大家谈到了“女人”。晚上，我疲劳而又情绪不好，上床后（不愿意打开收音机，因为都是极现代的音乐，曲调连狗屎都不如），我读了些《解放报》和《新观察家》杂志上的广告：说真的，没有一点有意思的东西，没有一点可供“老年人”看的东西。

1979年9月3日

93 由于双叟咖啡馆[1]重新开张了，花神咖啡馆里的人就不多了，里面几乎是空的。我饶有兴趣地读着帕斯卡尔的《思想录》，但也时常抬头瞅瞅。不远处，有一伙人情绪激奋（我早已看到），他们衣饰时髦怪异，中间有一个矮小的女孩尤其歇斯底里（她拿出照片给大家看，说着话，长篇大论地慷慨陈辞，所有的手指都在空中比划着）。又进来一个人。对于这个神气活现的英俊小伙子，我说："您的双脚真大（我只顾看他穿着白色皮鞋的两只脚）。"雷诺·C走了进来，他从眼睛到衬衣都是鲜艳的蓝色。我不知道如何才能表现得不那么玄奥——也就是说表现出更富"讥讽"意味（只要带出一点这种讥讽所包含的不快即可）。弗朗索

① 双叟咖啡馆（Deux-Magots）：位于巴黎第六区，建于1885年。里面有两座中国人的人像，最早以销售中国丝绸著名，后改为咖啡馆，光顾者多为文化界名人：魏尔仑、兰坡、马拉美、纪德、毕加索、萨特等人都曾经是其常客。——译者注

瓦·弗拉奥（François Flahault）和大眼睛的玛德莱娜
(Madeleine）也走了进来。来时和离开时都要相互拥抱；
她想必会觉得这有点过分。让-路易·P不愿意在花神咖啡
馆吃晚饭（也许，他是在尽力不想让别人看到和我在一
起——也就是说鉴于年龄的差别他尽力不想成为“由他人 94
供养”的人)。我们曾经在玛莱娜（Malène）餐厅一起用过
晚餐，但很不是滋味。我知道，安德列从耶尔（Hyères)
给他打过电话，实际上，他也想在当晚离开时与安德烈再
见上一面。我时而显示蔑视，时而表露慷慨，时而说这是
命中注定，时而又夸下海口，总之我在极力说服他离开。
他与我分手时是 9 点钟，随后，我便孑然一身，郁郁不
快——我决定放弃（但是，如何对他说呢？找个借口就不
再见他难道不卑鄙吗？然而这就是我所希望的，我想甩掉
生活中所有这些老鼠尾巴)。我回到花神咖啡馆，重新拿起
帕斯卡尔的《思想录》，同时点燃了雪茄。一个我曾经见过
一面的棕色皮肤的高个子男人，走过来向我问好。他坐了
下来，要了一杯柠檬汁。他叫达尼（Dany)，是马赛来的。
纯粹的平民身世，不善于表达自己。我感觉他满心苦闷。
他刚从军队复员，正等着去当工业绘图员。没有住处，他
抱怨的就是这一点。他今天住在这个伙伴家，明天住在那

个伙伴家。他在火车站打零工，或是到一个住户家里干点活，等等。哦，他多么希望有一个单间可以住啊。简言之，他正处在倒霉的境遇之中（说话无力，情绪不高；此外，净遭遇倒霉事）。再就是，他的话是典型的男妓的话，也就是说，语里没有脏字，该说的事情从来不明说。夜里，我5点钟就醒了。我痛苦而又难过地想着我与让-路易·P的关系的失败。

1979年9月5日

工作累了，我很早就出了门。我不想去花神咖啡 95
馆——我与F. W. 和塞维罗（Severo）在那里的约会要到8
点钟，便去了皇家歌剧院餐厅（Royal-Opèra），在它的露
天平台上看《世界报》。车辆都已经返回停歇，我曾享受过
8月的夜晚，而现在我仍然感觉自己还在那时的夜晚中。
一个我认识的人，独自愁苦地待在那里，他叫约瑟
(José)，面色灰白，四肢修长，有着一双淡蓝色的眼睛。
我避开他的目光，因为我又一次忘记把他要的由我签名的
书带来了（我不知道谁对他说过我在写作），而每一次，他
都非找我要不可。接着，我想读读报。我最终还是和他说
话了。他眼下在“大陆旅馆”（Continental）工作。我问
他：“还不错吧?”我想到的是旅馆的顾客。他则回答说，
当不再在暗处的时候（他这样暗示我，以他的境况，他了
解事物的反面），便不很干净——尽管有着现代派的外表。
我与F. W. 和塞维罗一起去了博芬热饭店吃晚饭。就在我 96

们出门向停在博马歇[①]塑像脚下（塞维罗经常说他想住在那里）的汽车走去的时候，F. W. ——在这种情况下他有时显得格外郑重和热情，简直达到了地道的程度（我总是惧怕他这样做，因为我知道他将像一位多情的法官那样饶有兴趣地谈论我，而我则立即魂不附体，变成了一个逃逸的孩子），他从对于《M/S》一书的评论谈起（我曾经说过这一领域是我绝对不能涉足的——不这么说我又能怎么说呢?），要我看哪一天能谈一下我的性欲中那些被拒绝的方面，对于这些内容，我从来没有说过。我有点生气：首先，从任何逻辑上讲，怎么去说并不存在的事情呢？人们只能依靠观察；其次，这种流行话题——这种多格扎[②]，把性施虐与性受虐变成规范、变成正常情况（而现在人们应该做的却是要说明其衰弱的情况），是令人灰心的。从这天晚上一开始，塞维罗就打定主意去看别人告诉他的位于巴士底广场附近凯莱尔（Keller）街的一家酒吧，那是一家皮装酒吧[③]。由于他始终

① 博马歇（Pierre Auugustin Caron de Beaumarchais，1732—1799）：法国作家。——译者注

② 多格扎（doxa）：这是罗兰·巴尔特著述中常见的一个术语，指“公众舆论”、固定思想。——译者注

③ 皮装酒吧（bar-cuir）：男性同性恋者聚集的地方，在这种酒吧里，男性同性恋者均着皮衣。——译者注

不放弃这种想法，我们只好散步走过去，而 F. W. 和我则
暗自希望什么都找不到。在走过了一排令人赞叹的建筑物、
一个圆圆的钟楼（是希望圣母院吗?）之后，我们进入了凯
莱尔街。那里有一个酒吧，它的橱窗被橘黄色灯光照亮，
一曲真正的意大利音乐在奏响，酒吧里面灯火通明，无任
何东西可以掩饰，从里面传出人们的高谈阔论的声音。门
是开着的。里面满是黑人，其中一个向也是黑人的老板挥 97
着拳头，威胁着他。我们如释重负，只好放弃。夜色是柔
和的。汽车穿行在这个居民区，里面都是些年轻人。我想
散散步，可是我的胃有点不舒服（我此前曾吹嘘博芬热饭
店，一再说有必要去好饭店吃饭以避免生病），我急切地让
车在离我家还远的地方停下——因为我与 F. W. 和塞维罗
在一起的时候从来不这样，习惯就像是某种小小的超我。
我独自返回住处，一次古怪的口误使我很难受。我顺着楼
梯上楼，没留心走过了楼层，就好像是回我们在 6 楼的房
间，就好像从前那样，也好像母亲在等待我那样。上床后，
我阅读霍梅尼的文章：令人震惊！实在是“令人气愤”，而
我则不敢发怒：对于这种不合时代的狂热，应该有一种理
性的解释。一笑了之，当然是再简单不过的了。总之，歪
理悖论在召唤我。

1979年9月7日

99 在花神咖啡馆，我由于有些疲倦，便艰难而又注意节
省气力地与让·G讨论（也许是因为作品和人——尽管人
很英俊但过于紧张——都不使我兴奋）他的小说手稿（我
提出了几点批评意见，为的是告诉他我是愿意合作的，但
我感觉到他把我的意见都看作是“自在的”，有点不肯接
受）。这时，一个我至少认识了10年的摩洛哥人（是阿拉
米？还是阿拉乌伊？）——从那时以后，每当他看见我，就
给我讲他的故事和拍打我的肩膀——突然出现了，他开始
为我讲一个可悲的遗产继承的故事（一个爱他的女人死了，
给他在戛纳市留下了一栋别墅，可是他遇到了麻烦，因为
警察局怀疑他是靠卖淫为生的男人，等等）。他索性坐在了
我们的餐桌边，为的是讲起来更容易些。我拒绝他这样做
（是这种无礼貌的做法使我产生了拒绝的勇气）。他有点动
100 怒了，猛烈地推了一下椅子就走了。晚上，我与贝尔纳·G
和他的（新）朋友意大利人里卡尔多（Ricardo）一起去了

位于图尔弄（Tournon）街的小个子中国人那里。开始时，什么感觉都没有，但是我逐渐产生了兴趣，原因在于他的身体（手，敞开的白色衬衣显露出的胸部）很干净。三人之间的欲望最终产生了，贝尔纳·G为我选定了我该发泄欲望的人。我很希望他们能与我做伴，并第二天与我一起去维也纳。我客气地离开了他们。但在我自身，我却感到有点痛苦，因为他们要离开很长时间，而且不管怎样……

1979 年 9 月 8 日

101 昨天晚上，我和维奥莱特（Violette）在帕莱特餐馆（Palette）用晚餐。在我们身旁，一个黑人在独自吃饭，他干净、安详、谨慎。他是公务员吗？吃到最后，他又要了一盒酸奶和一杯马鞭草茶。夜晚比较热，街上满是人和汽车（浩浩荡荡的摩托车队）。我多待了一会儿，在大约 11 点时又去了花神咖啡馆。那里令人扫兴。一个像是早产儿的矮小男人坐在我身旁，而且立即就与我说话。我感到厌烦，便埋头看报，但我很难平心静气地读下去。

1979 年 9 月 9 日

夜晚：没有重要的事情可说，与朋友们在“7 号餐 103
馆”[1] 就餐。那是充满友谊的美好时刻，尽管环境令人不悦（女人们年长，浓妆艳抹，人们都面朝外侧）。但是，这个星期六的下午，人们春心涌动，闲来无事，也就很贪心。先是在“第五浴池”，毫无乐趣：没有一个我认识的阿拉伯人，没有任何令人高兴的事情，只有许多面无表情的欧洲人。唯一特殊的是，只有一个不年轻但不算坏的阿拉伯人对欧洲人感兴趣。他明显不是为了钱，他只是摸了他们的臀部，然后又摸另一个。我们不知道他要做什么。这完全不合常理：一个阿拉伯人，不仅自己有阴茎，还需要他人的，这是自我中心的表现。老板满嘴是没完没了（根本无人和他对话）的自言自语，讲述他在一家突尼斯人开的旅

---

① “7 号餐馆”（Rest 7）：是罗兰·巴尔特的朋友法布里斯·埃马尔在圣安娜街（Sainte-Anne）7 号开的一家俗称“7 号”（Sept）的同性恋餐馆。

馆里遇到的别扭事（变味的食品，所有年轻的突尼斯人都厚颜无耻地勾引他，他这样说着，同时做出一副生气的样
104 子）。我当时一心想去蒙马尔特（Montmartre）找一个男妓。也许正因为这一心术不正的想法，我在伏尔泰街什么也没有找到。天上下着暴雨，水珠沉重地砸在地上，汽车非常之多。夜来了，没有一个人（幻觉中，一种嘈杂的声音在说，应该在下午 5 点去那里）。不过，这时来了一个高个子、细脸皮、头发呈古怪的棕色的人。他的法语语调生硬，开始时我把他当作是布列塔尼人。但不是，他的母亲是匈牙利人，父亲是白俄罗斯人（?），简言之，他是南部斯拉夫人（性情非常温和，也非常单纯）。有人告诉过我，玛德莱娜夫人病得很重（心肌梗塞），可这时她却突然出现了。她身体肥胖，一瘸一拐地从厨房出来，厨房的桌子上放着一个长条茄子。这时，一个英俊的摩洛哥人走了出来，他很想与我搭讪，因此长时间地看着我。他去了餐厅里，等我下去，对我并不立即把他带走感到失望（模模糊糊地约定第二天）。我神清气爽地走了出来，一直想着遵守我的饮食习惯。我买了一根长面包（我决心使我的饮食非常营养，但又不苛刻），面包很酥脆，我从一头开始吃起来。面包渣散落在我乘的地铁里，我又换了好几次车。但是，我

很固执，还是想去拉普街（Rapp），去测一测我的新气压
计的压力，然后调整一下。在乘出租车回家的路上，暴风
雨仍未停息。我拖着身子走进屋（吃着酥脆的面包和希腊
山羊奶酪），自言自语地说，我必须放弃我在寻求快乐（或
其衍生物）方面精打细算的做法。于是，我又走出家门，
去德拉贡电影院[①]看一部新的色情影片：像以往那样的， 105
也许更令人可悲。我不大敢引诱我的邻座——当然我也许
是可以引诱他的（我愚蠢地担心被拒绝）。我进入黑暗的放
映厅。然后，我又总是对自己自暴自弃的这种卑鄙的做法
感到后悔。

① 德拉贡电影院（Dragon）：又译“长龙电影院”，多放映色情影片。——译者注

1979 年 9 月 10 日

107 昨天，傍晚时分，在花神咖啡馆，我在读帕斯卡尔的
《思想录》。我的旁边，一个面色白净、无须、俊俏而古怪、
无色欲（裤子是仿皮革的）的细高个青少年，忙着把一些
散页上的句子和图表抄在练习本上，说不好那是诗歌还是
数学。有着浓黑的眉毛和穿着红色毛衣的达尼来到我身旁，
他喝着一杯柠檬汁，说因为吃了太多的三明治——有时候
又一整天什么也不吃——而胃口不舒服。他依然没有住处。
他的手粗大，有些水迹。外面，是暴雨来临前的昏暗，雨
滴已开始落下——自然没有出租车。与萨乌勒·T 在一起，
今晚无任何稀奇古怪之事。我们穿着城市人惯常穿的灰色
西服、红色衬衣，不去博芬热饭店，而是去了位于图尔弄
街的小个子中国人那里。萨乌勒看上去有点疲倦，我们只
108 好多待一段时间。我有些厌烦了，开始与旁边的人搭讪。
小个子的越南人正不时地向一位胖胖的黑色女人讨好。有
两个法国人，其中一个长得很英俊，通常装在口袋里的钥

匙链盒就放在身边，盒子上有他的一串钥匙；另一个法国人下楼去厕所撒了两次尿。他们在谈论网球，用完全法语式的发音说 Flushing（流动）、Middows（中部）、Wimbledon（温布尔登网球赛）这几个词，他们喝的是粉红葡萄酒。然而，在这个夜晚，应该解决的是 7 月份时提出的那次赌注，萨乌勒这时应该给我答复。不过，我不再想它了，我有点累了，甚至没有精力去关注赌注。我什么也没有说，他自然也没说什么。总而言之，这样做恰恰是两个答案。这是抚平欲望的极好的办法：长期合同。也就是自动解除。上床后，我读完了雷努奇（Renucci）的《但丁传》；写得真差劲！我从中什么都得不到。

1979年9月12日

109 在为里夏尔·瑟奈[①]举行的美式鸡尾酒会上（实在令人赞叹：那完全就是一种社会学，因为他不能面对别人作自我解释，就像自我解释是一种更高的价值一样），莫兰[②]、福柯[③]和杜莱纳[④]都是被骗来的（提前通知的是一次鸡尾酒会，而实际上是一次讨论会），而我则只想着我与奥里维耶·G的约会。我们去了博芬热饭店吃晚饭，可我觉得那里并不太好，不大令人舒心，菜量少，人太多，香槟酒也不够凉，等等。后来，我们慢慢地走到了圣安土瓦纳街（Saint-Antoine）和里沃里街（Rivoli），那里温和宜人，有点雾，街上没有人（这里是白天才有人的地方）。我有点想

---

① 里夏尔·瑟奈（Richard Sennet，1943— ）：美国社会学家和哲学家。——译者注

② 莫兰（Edgar Morin，1921— ）：法国社会学家和哲学家。——译者注

③ 福柯（Michel Foucault，1926—1984）：法国结构主义哲学家。——译者注

④ 杜莱纳（Alain Touraine，1925— ）：法国社会学家。——译者注

在此分手（我总是在欲望行为上有点犹豫），可同时我又听任其便。我们畅谈了一阵，奥里维耶感觉良好（他的眼睛多美丽呀）。我们在夏特莱广场的一家咖啡馆喝了一杯椴花 110
茶：味道有些怪。分手水到渠成。奥里维耶没有要求来我的住处——虽然想到了这一点，但我确实害怕他来（既因为我毫无欲望，也因为我要休息）。我们约定星期天一起吃午饭，然后在夏特莱广场分手作别。他没有拥抱我，而我也没有像上一次那样感到伤感。我经过圣米歇尔街（Saint-Michel）和圣安德烈-德-扎尔街（Saint-André-des-Arts），徒步返回住处。尽管有些疲倦，可我当时还是想看到几副小伙子的面孔。但是，年轻人太多，以至于让人反感。太子咖啡厅几乎没有什么人，只在露天平台的尽头有一个黑人青年，他有着长而细腻的手，穿着一件工作服。

1979年9月14日

111 一无所获的夜晚。天上下着暴雨，也不热。风夹带着雨，令人反感。我不知道穿什么衣服出门。最后，我穿了一件蓝色的工作服，那是我在NY买的，实际上还是新的（我在里面套了带拉锁的夹层）。这件衣服使我的肩膀高出许多，袖子很长，里面没有口袋，我感觉像是浑身装满了东西，几乎都要掉出来——我以前就是穿着这件衣服丢的香烟夹。这个晚上，我已经有点不舒适了。在现代艺术博物馆（那是一个令人不快的地方），有普莱奈[①]评论过的几位画家的绘画预展。我惊呆了，立刻就发现那些画是那样好、那样辉煌、那样富有色彩。使我感到厌烦的，是我认识的那些理论家，即那些悲天悯人的人们［德瓦德[②]，卡纳(Cane)，德泽兹[③]］。里面人很多，谈的话题都是预展。

---

① 普莱奈（Marcelin Pleynet，1933— ）：法国诗人、小说家、艺术批评家。——译者注

② 德瓦德（Marc Devade，1943—1983）：法国画家。——译者注

③ 德泽兹（Daniel Dezeuze，1942— ）：法国画家。——译者注

(“有不少卑劣之作，但不是全部”，一位粗声粗气的戴眼镜的先生这样说，他同时在本子上记了点什么：这大概是他对于两位以挑剔目光浏览展览的彪形大汉的不诚实和怯懦 112
的答话)。我看见了索莱尔斯、普莱奈，随后便不辞而别，因为我从来不懂得如何长时间地观看一次展览。我与吕西安·奈茨（Lucien Naise）向阿尔玛（Alma）桥方向走了一段。

吕西安·奈茨很友好，但是我无法苟同他的谈话（虽然，他的谈话是恭维人的，无条件的——或者原因就在于这一点吧？因为，这迫使我“平静下来”，而我则根本不喜欢那种打扰我的答话的人)，也（尤其）无法与他的有些汗渍和毫无欲望的身体有什么接触。我不想第一个去潘泰尔(Pinter）的 No man’s land（“非男人天地”）健身房，一时烦恼不已——这也许是工作服的原因，我犹豫不决。我想喝一杯香槟酒，在后来去的弗朗西斯酒吧（Francis）喝到了。这是一家餐馆，吧台只供堂倌们聊天用，他们在那里算账和数票子。

我坐上地铁，好像去干一次体力活。博纳-努维尔大街(Bonne-Nouvelle）的一切都是那样的晦气：天气冷峭，人们紧衣缩颈，到处是神气十足（有着精雕细刻的椅子）而又脏乱不堪的小餐馆，到处是三级影片或色情影片。我提前了一刻钟，但是又不想穿着工作服进入一个一等咖啡馆去干等着，于是我便不知做什么才好。由于我估量着喝一杯咖啡用不了一刻钟（而咖啡馆又都是落座的人极少），我便沿着大街走了走。最终，注定还是去了潘泰尔，因为我不愿意按时返回原路（实际上，没有任何不好的后果）。

我又想去花神咖啡馆，但是时间尚早，而如果我再去
113 那里，这个晚上在外面的时间就太长了。我找了一会儿电影院：要么我不感兴趣，要么电影已经开始。不过，我却发现有一家电影院正在放映皮雅莱（Pialat）为参加高中会考的青年人制作的影片（JL 跟我说过这部电影很好，按照他的方式评判那是很好的，也就是说没有任何审美标准，并且是依据他自己独有的情感-智力印象来评判的）。尽管影片在某一时刻是很好的，并且证明具有所想象的全部优点，但对于我来说，还是难于接受的：我不大喜欢那些对社会“环境”所做的真实描述。那里面有着某种“青年”种族主义的东西（我感觉到完全被排斥在外了），太离奇了。我不喜欢这种太现实的信息，因为在这种现实的信息里，人们必须与那些可怜人融为一体（这是充满年轻人的领域，等等），由此，整个世界都将是愚蠢的：可怜人傲气

十足，这就是时代。

从电影院出来去歌剧院的时候，遇到一些年轻人。一个姑娘做出思考的姿态，很像是电影中的镜头。影片是“真实的”，因为它在大街上还在继续。来到圣日耳曼（Saint-Germain）大街，在比杂货店高一点的地方，一个非常英俊的白人拦住了我。我被他的美貌、他的细嫩的手惊呆了，但是由于害怕和疲倦，我提出预约。在花神咖啡馆，我的身旁，有两个老挝人，一个极富女人味，另一个因其“男孩子”特征明显而招人喜欢。一段友好的会话之后，做什么呢？（我总觉得有些疲倦，便想读一读报纸。）他们走了。我因偏头痛而有些发呆，便艰难地返回住处，并在服用了一片镇静药（Optalidon）之后继续阅读《但丁传》。

1979 年 9 月 17 日

115 昨天是星期天，奥里维耶来我这里用午餐。我说过我在等他，说过我会欢迎他。按通常情况理解，这种关照说明我是有情欲的。可是，从午饭开始，他表现出的羞涩或者说他给我的距离感就使我害怕。于是我没有了任何兴致。我请他在我午睡的时候陪着我。他非常和蔼可亲，来到床边坐下，读了一本画册。他的身体离我很远，虽然我把胳膊伸向了他，但他一动不动，沉默寡言：他没有任何讨好的表示，而且立即就去了另外一个房间。一种失望袭上心头，我真想哭出来。

我清醒地认识到，我必须放弃小伙子们，因为他们对我没有欲望。我太谨慎，在迫使自己表现出欲望方面也太笨拙。这是无法回避的事实，它已被我的所有调情欲望所证实。我在这方面的生活太可悲了，最后，我厌烦了，我
116 必须在生活中摆脱这种兴趣或者这种希望。（虽然我在朋友当中一个一个地挑选——除了那些已经不再年轻的——但

每一次都是失败：A，R，JLP，Saul T，Michel D——RL，时间太短，B和BH又都没有欲望，等等）。对于我来说，就只有男妓了。（可是在我外出时我能做什么呢？我不停地注意那些年轻人，我立即就对他们产生了欲望，而且喜欢上了他们。在我看来，世界的舞台上是什么呢？）——应奥里维耶的要求，我弹了一段钢琴，我知道从今以后我将放弃他。他的两只眼睛很美丽，长发使他的面色温馨可爱：一个纤弱但不可接近并且充满神秘的人，既柔顺又有距离。随后，我让他走了，说是我还有工作要做，心里明白这就结束了，而且除他之外，一种东西也结束了：那就是对于一个小伙子的恋情。

作家索莱尔斯

对话[1]

“我们不能忘记索莱尔斯。” 581[2]

“可是，有的人只谈论他！昨天，我还看到有人在一家左派日报上攻击他。人们指责他曾经是斯大林分子（因为他曾经出席过《人道报》的一个活动）、是毛主义分子（因为他曾经访问过中国），而现在是笛卡尔主义者（因为他曾经去过美国）。”

“有的人从不谈论他。他们再也不说他是位作家，再也不说他写过东西并仍然在写东西。”

“如果您想到他在每一期《原样》杂志上发表一段他的

① 发表于1979年1月6日第739期《新观察家》（*Nouvel Observateur*）杂志，题目为译者所加。——译者注

② 因《作家索莱尔斯》与《偶遇琐记》为两部书，此处边码采用原版本页码。

《天堂》（*Paradis*）一书，您就会承认，他的东西是读不懂的。”

“如果您按照自己的眼光和愿望为其加上标点符号的话，《天堂》是可以读懂的（它是古怪而动人的，是内容丰富的，它使一大堆事物在各种可能性里存在——这正是文学的特性）。”

“那为什么要取消标点符号呢？”

“也许是想迫使您在阅读的时候更慢一些吧，也许是想创造一种新的阅读节奏，即一种新的阅读速度吧。难道您阅读《世界报》（*le Monde*）与阅读《法兰西晚报》（*France-Soir*）速度一样吗？”

“我只读《世界报》。”

“这么说来，您同意以不同于您阅读报纸的速度来阅读一篇文学作品了？在文学方面，有许多东西都取决于阅读速度。标点符号，有时，就像是一种被卡住的节拍器。您把紧身胸衣解开，那是一种突然的感觉。可阅读就要慢一些，因为这会使内容更为丰富。反过来说，因为慢了，也就想更快地读完。”

“可是，为什么他坚持没完没了地发表这部作品的片断，却又从来不做解释呢？”

“准确地讲，我们也可以相信他，并且认为这种固执意味着某种东西：比如，它传达给我们关于某一重要设想，即一种具有新尺度（作品的长短，就像阅读速度一样，构 582
成作品的意义）的设想的趋向、发展和结果。”

“那为什么要片断式地去展示作品呢?”

“普鲁斯特这么做了，可是确切点说，那些片断没有被很好地读懂。”

“您总不能把索莱尔斯与普鲁斯特相提并论吧?”

“从写作的实践和初衷来讲，任何作家都可以与大作家相比。在我看来，这两位作者，似乎在提醒我们注意作家的某种伦理学，该伦理学迫使作家立即大胆展示其作品之谜（普鲁斯特曾多次说过：不要过快地判断，并非一切都已说完，要等待）。索莱尔斯引导我们（至少是引导我）不是依据策略方式（即把一本书的“套路”搞好）而是依据‘来世论的’方式去考虑文学。”

“这是一个宗教上的词语，不是吗?”

“一个词语的意思是可以变化的：‘révolution’[1] 一词本来是天文学上的一个术语，可是，在天体之外，它的运

① “révolution”：原意为“公转”、“绕转”之意，后演变为“变革”、“革命”之意。——译者注

气多好啊!”

“‘来世论’意味着什么呢?我手头没有词典。”

“当有关末日的想法(或欲望)超过现在(即现时)的计划时,它就会出现。它指的是一种比策略或战略观念更远的末日观念:这便是作家在其社会孤独之中解读出的那种观念。因为作家是独自一人,他被原先的和新的阶级抛弃了。由于他今天生活在把孤独本身看作是一种错误的社会里,所以他的失败就更加惨重。我们接受(这正是我们的引以自豪的才能)本位论的说法,但不接受特殊性。我们是一类人,但不是一群‘个人’。我们创办(依靠天才的筹划)由个人组成的唱诗班,这些唱诗班具有可以表达愿望、可以喊叫但并不伤人的噪音。但是,作家是绝对与世隔绝的人吗?难道他既不是布列塔尼人也不是科西嘉人、既不是女人也不是男同性恋、既不是疯子也不是阿拉伯人吗?难道他甚至不属于一个少数人群吗?文学是他的噪音,这种噪音借助于‘天堂世界的’颠倒非常巧妙地重新采纳了世人的所有噪音,并把它们融进一种歌声之中。这种歌声只在人为听到它(就像在患有严重反常性的听力机制之中那样)而处于非常之远、非常超前并且超越流派、超越先锋派、超越报纸和所有对话的情况下,才能被听到。”

“您今天为什么写这种东西呢?”

“在我看来，索莱尔斯已经变成了一个缩小的吉瓦罗人头像[①]：现在，他仅仅是一个‘改变了主意的人’（然而，据我所知，他不是唯一这样的人）。那好吧，我认为，社会形象应该符合一定秩序的时刻正在到来。”

① 吉瓦罗人（Jivaro）：生活在南美洲亚马逊河流域的一个印第安人部族，每当抓住敌人后，他们就把敌人的头割下，然后使其缩小并加以保存。——译者注

戏剧，诗歌，小说[①]

(1965—1968)

583 **编者按：**这篇文章是1965年菲利普·索莱尔斯出版《戏剧》一书（色伊出版社）之后发表于《批评》（*Critique*）杂志上的。今天，作者之所以又补写了一些评述，首先是为了参与对一种写作定义的不间断的确立活动，因为有必要联系并结合围绕着他而写的东西来修订这种写作的定义。这也是为了表明作家有权与他自己的作品进行对话。当然，作补注是对话的一种腼腆形式（因为作旁注可以尊重两位作者的划分，而不是真正把他们的作品打乱）。补注，虽然是在其自己的文本中进行的，但却又使人相信，一个文本既是确定的（我们不能完善它，不能利用发生的

① 见《整体理论》（*Théorie d'ensemble*），色伊（Seuil）出版社，1968。

历史来回证其真实)，同时又是无限地开放的（文本不会在修改或是禁止的作用下开放，而是借助于行动、借助于补充其他的写作，因为后者能把文本带入复合文本的总体空间之中)。为此，作家必须把他以前的文本当作其他的文本，他现在重新把它们拿来、引用或是加以改变，就像是把一种复合体变成另外许多符号那样。

因此，今天的作者便在其昨日文本的某些地方上介入。这些介入便是在中括号［ ］中以罗马数字和斜体字标记出来的部分，而以阿拉伯数字标记的评述属于最初的文本。①

戏剧（drame）和诗歌（poème）是两个非常相近的词：两个词都来自于意味着做（faire）的不同动词。可是，戏剧的做是在故事的内部，这便是与叙事相适应的动作，而戏剧的主体则是有奇遇的人（《特鲁瓦的故事》②）。相反，诗歌的做（人们对我们说过多次）是位于故事之外的，它

---

① 为了阅读的方便，以中括号［］标记的评述的译文没有采用斜体字，而是采用了宋体。——译者注

② 《特鲁瓦的故事》(*Roman de Troie ou Roman de Troyes*)：这是一部写于1160—1170年间的叙事长诗，作者为伯努瓦·德·圣莫尔（Benoît de Sainte-Maure)，生卒年不详。——译者注

584 是某一技术人员为了构成一个对象而把各个部分聚拢在一起的活动。《戏剧》根本不想成为这一人工制作的对象，它想成为动作，而不想成为表达手法。《戏剧》是对一个原始事件的叙述，而作者拒绝因一种个人的做而牺牲这个事件，也就是说拒绝把这个事件变成诗歌：《戏剧》是被选择来反对诗歌的。可是，就是这种拒绝本身通过自省的设想而构成《戏剧》的动作，因此作者不得不与他所拒绝的东西周旋。当其要“接受”的时候，诗歌就停止了，但是这种停止又从来不是确实的。因此，我们有某种权利把《戏剧》当诗歌来阅读[①]。如果我们想进入作者制造的眩晕之中，我们甚至就应该这样去做。但是，我们又应该与作者同时停止这种眩晕，并且不停地与正在出现的优美诗歌分离。《戏剧》是一种连续的断奶过程，是加入到比诗歌的整体奶汁更为苦涩、更为分离的一种物质之中的过程。

这种物质由作者定名为小说。把一本没有（明显的）

---

① 实际上，是可以把《戏剧》当作很美的诗歌来阅读的，盛赞言语活动与被爱的女人，以及盛赞它们从一个过渡到另一个的历程，是没有区别的，就像但丁的《新生活》(*Vita nova*) 当时的情况：“我爱你”是所有诗歌的唯一转换，《戏剧》难道不就是“我爱你”的无休止的隐喻吗？［参阅尼古拉·鲁威(Nicolas Ruwet)《一篇法国诗歌的结构分析》(《Analyse structurale d'un poème français》)，载《语言学》(*Linguistiques*) 杂志，第 3 期，1964］

故事和没有（姓名的）人物的书称作小说，在今天之所以
还显得刺激，就是因为我们仍然停留在但丁的一位翻译者 585
德莱克吕兹（Delecluze）的高傲的惊愕之中（1841），因为德莱克吕兹在《新生活》中看到了“一部有意思的作品，因为它的写作是在同时展开的三种形式（回忆、小说、诗歌）下进行的”。并且他认为应该“提前告诉读者这种特殊性……以便使读者很容易搞清楚这种叙述系统在首次阅读时就会出现的那种形象与观念混淆的情况”。在这之后，这位德莱克吕兹便过渡到更使他感兴趣的方面，即贝阿特斯（Béatrice）这个“人”。在《戏剧》中，我们甚至看不到贝阿特斯这个“人”：我们被封闭在一部纯粹小说的难解之谜中了，既抽象又具色情感，因为它还是属于“小说”体裁。然而，面对这些体裁问题（它们不仅是批评的问题，而且是阅读的问题），我们也许不像几年前那样毫无准备。实际上，小说只不过是大的叙述形式的一种历史变体，除了它，还有神话、故事和史诗。面对叙述活动，我们有两种原始的分析方式：一种是功能性的，或者是聚合关系性的，它试图在作品中找出依据词语而逐步相互连在一起的一些成分；另一种是序列性的，或者是句法性的，它在于重新找出从文本的第一行到最后一行的路径，即词语所走过的路径。将这些基本方法用于从我们的文学中挑选出的作品，

那么显然我们就不能去理睬“文学史”，而且也许更不能去理睬一种现时的批评方法。虽然《戏剧》有其新颖之处，但这里要谈的却不是其先锋派特征，而是它对于人类学的
586 参照。[①] 我们尽力不依据最近引起轰动的小说来评价《戏剧》，而是依据某个非常原始的神话、某个现在只留下了清

---

① 人类学理论曾经有过其真实时刻。在许多年中，人们曾经不厌其烦地为我们讲故事，过于简单地赋予其一种神性，为了这种神性，人们认为必须牺牲对于形式的全部考虑，即把形式都归于无意蕴性。要去掉这个新偶像的神圣性，就必须想象其他的尺度，例如我们可以在一些稳定的贯穿故事的系统中（例如言语活动或叙事文）重新发现这些尺度。正是这种新的适应性，我们在此称之为：人类学的。可是，这种参照失去了其适时性。首先，故事本身越来越不被看作是坚不可摧的确定系统。我们很清楚，我们越来越了解，故事，完全像言语活动一样，是一种结构游戏，其结构的各自独立性比我们过去认为的要大得多：故事也是一种写作。其次，设定一种人类学领域，便是关闭结构，便是以科学的名义最后停止符号。对于叙事文的分析，不能与使人相信人类的正规性观念的权威性混为一谈，即便是为了表现它们之间的差异和相违。最后，除了有可能回到一种后退的争议之中，就只剩下把故事中的“人”与“人”类学的人对立起来了。在都有一种非常完美形象的情况下，他们之间的区别又有什么重要可言呢？问题在于扩大象征系统的裂痕，在这种系统中，刚刚生存过和继续生存着现代的西方。在我们不改变西方文化的处所即其言语活动的情况下，做这种变动是不可能的。如果我们不了解或不简缩这种言语活动（把其简缩为一种言语、一种传播、一种工具），我们就只能尊重它。为了使其分散，为了收回其几千年形成的优越性，为了使一种新的写作（而不是一种新的风格）出现，一种建立在理论基础上的实践活动是必要的。《戏剧》无疑是这些首创性活动中的一种。最近，《数字》（*Nombre*）一书也这么做了。在《戏剧》中，变动触及到了所谓“陈述活动”之主体，触及到了动作与叙述活动的神圣距离。在《数字》中，变动颠覆着时间，打开了进行无限引述的空间，并用一种阶梯式写作来取代词语的移行，因此也就把“文学”转变成了必须严格地称为一种透视法的东西。

晰形式的非常古老的故事来评价《戏剧》。

最近有一种设想（还没有被广泛采用[①]），建议在叙事文中重新找到句子的重大功能：叙事文仅仅是一个很大的句子（同样，每个句子都以自己的方式叙述一个很小的故事）。我们从中至少可以找出（我简单地说一说）两组配对，即四个词语：一个主体和一个对象（它们依据一种寻找计划或是欲望计划而对立地结合在一起，因为在任何叙事文中，都有某个人希望获得和寻找某种东西或某个人）；一个助手和一个对手，他们是各种语法的叙述替代物（他们依据考验计划而对立地结合在一起，因为在寻找主体的过程中，助手在帮助他，对手则拒绝他，轮流确定故事的各种危险和救助情况）——展开过程的（两极）轴线不停地被既冲突又联合的轴线所横穿。正是这两种运动使叙事活动成了一种可理解的对象。词语的任何接续，如果通过象征功能（这些对立只不过是其基本的外在形象）而服从于这种做法，都能因此而变成一种“故事”。这种生成结构可能显得庸俗：为了能够阐述世界上的所有叙事文，这种结构最好就是这么庸俗。但是，一旦我们研究其各种转换

① 格雷玛斯：《语义学教程》（*Cours de sémantique*），圣克鲁高等师范学院（Ecole normale supérieure de Saint-Clou）油印本，1964。

（这些转换是人们所关心的）和这些聚合体①得以充实从而永远不会失去的方式时，我们便可能会更好地解释形式的普遍性和内容的新颖性、作品的传播性及其作者的模糊性。在从荷马开始的西方千年链条的终端，《戏剧》（副标题是小说）包含着我们刚才谈到的双重对立：一个男人在疯狂地寻找某种东西，他一会儿远离，一会儿又以在任何小说中都建构成一定关系的力量来靠近这种财富。这个人是谁？他的欲望对象是什么？是什么东西在支持着他？是什么东西在抗拒着他？

587 《戏剧》所讲述的故事的主体（今后，根据该词的结构意义来理解）②，就是叙述者。一个男人（在个人小说的情

---

① 聚合体（paradigme）：符号学术语，指在句法关系链上可以占据同一位置的一些成分，也可以说，它是在同一语境中可以互相替换的一种要素的集合。——译者注

② 从（语言学的）结构意义上讲，主体不是一个人，而是一种功能。没有任何东西可强迫赋予这种功能以中心的（即自恋的）位置。结构意义上的主体，不一定是人们谈论的人，也不一定是正在说话的人（即言语之外的位置）。对于话语来讲，它既不是隐蔽的，也不是比邻的。它并不是一个扩散点、支撑点或动作点。它不是隐藏在一个面具后面的东西，也不是一篇谓项补文的主要部分。在此，我们指出，（在程序上）有必要为主体打开一些未曾听到过的隐喻。结构主义已经对其做了挖掘。剩下的就是让主体挪动一下位置。对某些较远的语言的观察似乎可以帮助做到这一点：与在我们的句子中出现的情况相反（在我们的句子中，是主体本身发布其话语的客观性，主体以此自我进行补充性的修饰），日本语由于使其语法主观化（这是一种谨慎的方式，因为没有任何意见被视为是客观的，也就是说是普遍的），于是不把主体变成话语的强有力的施动者，而是变成包容陈述和与之并行移动的一个很大的顽固空间。

况下）讲述他发生过的或（在隐私日记的情况下）正在发生的事情，那是叙事文的经典形式。以第一人称写出的作品有多少啊！说实在的，这个经典的第一人称是建立在可以一分为二的基础上的。我（je）是在时间里被分开的两种不同动作的发出者：一种动作在于生存（爱，忍受痛苦，参与冒险），另一种在于写作（回想，叙述）。因此，从传统上讲，以第一人称出现的小说有两个行为者（行为者是一个人物，他是通过做什么而不是通过是什么来确定的）：一个在行动，另一个在说话。由于两个行为者表现在一个人身上，所以他们之间维持着艰难的关系，其困难程度甚至为诚恳性或真实性所掩盖。就像柏拉图的两性人的那两个一半一样，叙述者与行为者一个跑在另一个的后面，却从来不会相遇。这个距离叫作自欺[①]，并且很长时间以来，它一直受到文学的关注。在这方面，索莱尔斯的计划是彻底的：他同意至少取消一次（《戏剧》并不是样板，这是一种大概不可模仿的实验，甚至对于它的作者也是如此）与个人的任何叙述活动相联系的自欺。他从两个一半出发，

① 自欺（mauvaise foi）：在此采用法国哲学家萨特汉译本《存在与虚无》（*L'être et le néant*）一书中的译名，也有人将其译为"欺瞒"。——译者注

把施事者[1]与叙述者（narrateur）结合在模糊的我的名下，严格地讲，他只建构了一个行为者。它的叙述者完全被融入了唯一的动作之中，那就是叙述动作。叙述活动在无人称的小说中是清晰的，而在有人称的小说中是模糊的，它在此变成了不透明的、可见的了，是叙述活动在充满整个
588 场景。当然，任何心理学也就立即消失了[2]。叙述者就不再需要调整其过去的行为和现时的言语了：时态，回忆，理

① 施事者（acteur）：文学作品中的人物和符号学意义上的行为者（actant）。——译者注

② 排除长时间以来投入到传统的带有小市民特征的小说里的“心理学”，这不仅仅是一种文学上的现象。心理学同样存在于世俗社会的写作之中，存在于我们认为是属于内心的书籍之中，我们在把这种内心的书籍天真地与现实的书籍对立起来说的时候，称之为“生活”。我们每天在作家或艺术家的现有境遇之外谈论的任何想象，基本上都是心理学的。在心理分析基础上建立的作品，总是明晰的，因为我们的生活来自于我们的书籍，来自于广泛的心理学著述。或者更可以说，我们把我们的书籍和我们的生活以及赖以写作的那些规则之相等的循环称之为明晰的：一个从来都只是对其他的对译。改变书籍，根据现代性的第一个意思，当然就是改变生活。一个像《戏剧》这样的文本，一如在其之前、同时或之后出现的文本，在其改变写作的情况下，就具有这种能力：它不让人去梦想，不让人把通过自恋方式从作者转给作为“小兄弟”的读者的某些形象转入“生活”之中。它甚至改变梦想的条件、叙事文的条件。它在产生一种多元的、非古怪的、但从未听到过的写作的同时，也纠正着言语活动本身，并证实独创性在今天不是一种审美态度，而是一种变化行为。

智或内疚便出现在人称之外[1]。其结果就是，作为主体基本行为的叙述活动，便无法被任何人称代词所单纯地承担：是叙述活动在说话，它是它自己的嘴巴，而它传播的语言则是很特殊的。在此，语式（voix）不是某种诀窍的工具，甚至不是其去掉了人称的工具。最终出现的这个（ça）[2] 不是人的这个，而是文学的这个（这一点可以概括《戏剧》中的某些不解之谜）。可是，动词变位是躲不开的，它要求任何句子（任何叙事文本）要么是有人称的，要么是无人称的，它要求在它和我之间作出选择。索莱尔斯依据一种形式上的设想交替使用这两种方式（它与我就像一个棋盘的黑方框与白方框那样相互紧跟），而这种形式上的设想之
修辞学本身就揭示出人为的任意性特征（任何修辞学都打 589

① 关于这一点，《戏剧》中有许多诠释："是他，而且是他自己……但是，他一无所知的那个他是什么呢？"（原书第 77 页）"自杀？但是，如果自杀，是谁自杀呢？是谁杀死自己呢？那里面有谁呢？"（原书第 91 页）"还不是他，还不足以是他。"（原书第 108 页）"他在他所在的夜里。从某种程度上讲，在他的眼里夜在变小——但是他自己也在这个夜里消失了（总之，他在验证这里不存在'主体'——在这一页之外也没有）。"（原书第 121 页）对于相当多的现代作品来讲，在主体的无人称特征方面是一致的。《戏剧》的本意，是这种无人称特征并非在书中得到讲述（得到转述），而是通过叙事文的行为本身得以建立（如果可以这样说的话）。

② 此处的"这个"（ça），应与弗洛伊德第二场域理论中的"本我"结合起来理解。——译者注

算战胜诚恳话语的困难性)。在黑色的它与白色的我之间，也许有某种本质区别。古典的生动性要求一位作者（我）要么决定谈论他自己，要么谈论别人（他）。与这种生动性相反，无人称的情况就像一支不停地回收使用[①]的箭，射出了没有人的我，这个我没有个性，只有用来写作的完全是肉质的手的个性。因此，把叙述活动的两个人分开的物质，无任何名分，它仅仅是一种前后连接的关系：他每一次都是要写作我的那个人，而我每一次都是那个虽已开始写作但又马上回到使其产生的前面的那个人。这种不稳定特征的运作，就像是一种规则的震颤，它负责建立叙事文的一个不存在的人。任何故事都是通过某种观点来表达的，我们可以把这种观点称作模态[②]，因为相对于动词所陈述的过程来说，方式在语法上还具有表明主体心理态度的功

① 于是，索莱尔斯最终对圣巴斯蒂安（Saint Sébastien）作了出色的描述："他可以代表一张弓，我可以代表一支箭。后者应该从前者射出，就像火苗从火堆上喷出一样……但是，后者又很容易返回到前者……而我可以变成为其提供物质的东西，并在那里自我燃烧。"（原书第133页）

② 模态（modalité）：符号学重要理论之一。较深入、较完整的模态理论是格雷玛斯1976年以后建立起来的，指的是改变"陈述之谓语的东西"，从罗兰·巴尔特在此使用的情况来看，他参照的还是格雷玛斯最早于1966年出版的《结构语义学》中提出的以"判断之品质"（即"肯定"与"否定"）（见该书法文版第249页）为主要表现的模态概念。——译者注

能。从乔伊斯[①]、普鲁斯特到萨特、凯罗尔[②]、罗伯-格里耶[③]，模态是研究当代文学的重要手段之一。索莱尔斯无法让人相信叙述的匿名性，因为由语言所强加的他和我都是人的含蓄形式。但是，他在编织有人称和无人称的黑线与白线的时候，把主人公心理上的（很久以来就已经获得了的）无人称改变成叙事文技术上的无模态：这意味着不存在模态。

这就是《戏剧》的主体即其主人公：一个纯粹的叙述者。这位主人公在尽力叙述某种东西。在他看来，真正的故事是验证其事业、希望、诡计、付出，总之是验证其叙述者（因为他只是叙述者）全部活动的赌注[④]。在《戏剧》

① 乔伊斯（James Joyce，1882—1941）：爱尔兰意识流派作家。——译者注

② 凯罗尔（Jean Raphaël Marie Noël Cayrol，1911—2005）：法国作家、诗人。——译者注

③ 罗伯-格里耶（Alain Robbe-Grillet，1922—2008）：法国新小说派代表作家。——译者注

④ 我们知道，动作名词（在拉丁语里，词尾有 tio 的标志）通常是这样被看作静态名词的，它们指的是一种普通的产物：描述，它已经不再是描述动作本身，而是这种动作的结果，是一幅纯粹的静物画。叙述活动在此应该避免这种语义上的退化。在《戏剧》中，我们面对的不是一件被叙述的事物，而是一种叙述工作。把产品与其创作活动分开、把叙述对象与叙述工作分开的这条细线，就是将（经过先期准备而建立的）古典叙事文与现代文本对立起来的历史分界线。现代文本在其陈述活动之前并不存在，而且在供人阅读自己的工作时最终只能被当作工作来阅读。如果我们观察一种表面上与处于动作状态的叙事文

590 中，故事（即小说）非常重要，以至于变成了寻找的对象：故事成了故事的欲望。被如此一再寻求的构成书的基本传奇故事是什么呢？如果我们忘记叙述者在此根本就不是（因为这是一般的情况）必须重新建构其客观秘密之施事者的话，我们就将永远也不会知道这一点。如果我们期待《戏剧》具有一部侦探小说的趣味，也就是说如果我们忘记故事的叙述者而只顾及其施事者，我们就永远也不能知道“结尾的词语”，我们就将永远不会知道在整部书中得以神秘地引述、呼唤的真正故事是什么。但是，如果我们把施事者的谜归于叙述者（因为这是传奇故事的唯一行为者），我们就会立即理解，真正的故事不是别的，而只是讲述给

很接近的古典形式的话，这种区别是看得很清楚的。这里指的是故事中的那些故事，在故事中，一位本身也被以趣闻形式介绍的叙述者，宣布他将为我们讲述某件事情，并且也寸步不离故事的发展。像《戏剧》这样的一部小说所取消的，恰恰是对于叙述潮涌的开闸放行。古典的叙述者在我们的面前就座，就像人们所说的入席就座那样［甚至是在这一表达方式的治安意义上讲（“入席就座”〈se mettre à table〉这一法语表达方式还有治安术语方面的“供认”之意——译者注）］，并讲述他的产品（他的灵魂，他的知识，他的回忆）。在标点符号方面与这种姿态相一致的，是准备引出一篇漂亮文本的开场白所注定要有的两个句号。《戏剧》的叙述者取消这两个句号，拒绝任何的就座：他不能处在他的桌子后面，不能待在他的叙事文前面。他的工作更可以说是属于迁移性工作。这就需要以一群作家的方式穿越规则，并以规则来布满文本的空间——就像候鸟迁徙过程中的侧面布阵那样，这群作家在他们之间组合动作的片断，以便把单词的行列变成词语动作的场面。

我们的那种寻找过程。这种同语反复并不过于复杂。(在虚构的层面上)没有故事却可以(在写作的层面上)产生精彩的故事，在情节的零度上却对应着的一种丰满的意义即言语的一种有意蕴的标志，事件(戏剧)在某种程度上从被通常复制的(真实的、梦幻的或虚构的)世界输入像眼睛一样注视着这个世界的词语活动，这也许就是绝对*现实主义*的作品的出发点。塞万提斯、普鲁斯特写了一些书，他们的书都是在寻找书籍的同时遇到了世界。他们恰恰相信，确定一种写作模式(艳情小说或是所希望的某类书
籍)，就是写作本身，而不需要去写面前的*这个故事*。他们 591
还会*在途中*说出整个一个世界和一些更真实的世界[①]。顺着一项纯粹的文学计划，索莱尔斯作为叙述者自己也在一个*可感*世界里形成自己的路线(这便是我们开头时谈到的诗歌)。但是，既然罪恶和死亡在要写作——却从未写出——的故事上得以确定，那就只有在叙述活动实际上仅

---

① 间接的实践具有实在功能。面对有表现力的言语——这种言语负责证实在话语之前确定的“东西”，间接甚至搅乱表达的进程，它篡改中心与外围的关系，尽力永久地偏离言语活动要说的这种“东西”，同时始终提前在未发表的东西之中保持着饱满(信息，意义，结局)——这也是躲避对作品进行解释的一种手段。间接(构成*边侧*景致)承担着叙事文的对比活动，承担着论断的立体平面转换。在雅各布森的努力之下，语言学本身近些年以来已经建立了传达信息的新的标准形式，也许它有一天将承认，*偏离*是陈述活动的基本方式。

仅是这个问题（故事是什么?）的自由的外在形象的情况下，这种世界才是有生命力的（没有了任何自欺——无辜吗?）。我在自己和世界的什么层面上来判定我发生了什么事情呢?《伊利亚特》之前的那些非常古老的了不起的抒情诗的作者们，即那些最早的诗人们，都是借助于一种序诗来减弱叙事文的令人惧怕的专横性（为什么在这里开始而不是在那里开始呢?），这种序诗的意思通常是：故事是没完没了的，它开始于很久以前（它有过开始吗?），我在我预告的这一点上开始讲述故事。同样，作为主体在其中寻找但又从未达到目的的基本故事即基本奇闻，它则习惯于依据（并朝向）某种东西可以被叙述的情况来确定参照物：它就像可以立即让人说话的术语库一样（语言，在索绪尔语言学的意义上讲）[①]。

仍然是言语活动（既然动作在此是纯粹的叙述活动）将构成横向的和支持的力量，而主体的寻找则与这种力量混合在了一起。两种言语活动进入争斗之中，一种反对真正的故事（我们从来不理解这种真正的故事），另一种则与

① “如果存在叙事，那它实际上就是在叙述一种语言（一种句法）是如何探讨的，是如何创立的，是如何形成既是发送性的又是接收性的。”

之尽可能地接近，去完成这种幻想，即完成斯宾诺莎[1]所说的这种既不真实又非虚构的动词性存在状态。这种存在状态是无法理解和想象的，因为在《戏剧》中它是沿着一个不存在的故事发展的。相反的言语活动，是过分的、充 592
满符号的、在编造的故事中被滥用和由“提前规定的段落”构成的言语活动。是“这种语言，这种已经死去的、有一天最终会被分列到某种类别中去的写作物”，是表达方式的多余之物。而借助于这种多余之物，叙述者被他自己所排除，被意识所烦恼，被“无法解释的个人重量”所压弯。总之，这种敌对的言语活动，便是文学，这种文学不仅仅是政体性的、社会性的，而且是内心的。这种完全形成的节奏最终决定我们发生的“故事”，因为感觉——如果不持续地给予注意的话——就是命名。这种言语活动就是谎言，因为自它一接触真正的幻觉，幻觉也就消失了[2]。但是，如果拒绝它，一种真实语言就开始说话了[3]。索莱尔斯密切

① 斯宾诺莎（Baruch de Spinoza，1632—1677）：荷兰哲学家。——译者注

② “一种词语上的努力在最初是难以标记出来的（而发现和就近获得这种努力的事实则会取消幻觉）。”（原书第 77 页）

③ “我时刻准备放弃。我放弃。于是，在空白处，就有了这种撞击（如果我真正地放弃了）：一种语言在探讨，在创立。给人的感觉是，我马上就准确地讲述词语在纸上的路线——确切地讲，没有任何别的东西，没有更多的东西。”（原书第 147 页）

地关注作家的基本神话：俄耳浦斯[1]不能反悔，他必须向前走，必须不假思索地唱出他想唱的东西——任何恰到好处的言语，都只能是一种动作明显的躲闪。实际上，对于认为言语活动过分（因其带有社会性和人为制造的意义）、但是却又想说话（不承认不可表达性）的人来说，问题在于在言语活动的这种多余部分形成之前就得停下来：很快采用现成的言语活动，用一种天生的、先于任何意识然而却具有无可指责的语法性的言语活动来代替它。这便是《戏剧》的事业，这种事业在这一点上与超现实主义的直接写作极为相像，而在另一点上又与之极为对立。

于是，言语活动在此提出了它的第二种保护性的外在形象，就像仙女暗助英雄去寻找目标那样：某种言语活动来造访叙述者，帮助他坚持不懈地限定突然发生在他身上的事情（真实的故事）。这种辅助性的言语活动不能是压倒性的，它是一种潜在的言语活动，是一种过渡性的言语活动[2]。它是一种“言语时间”，非常之短，因为它必须与

---

① 俄耳浦斯：希腊神话中善弹竖琴的歌手。——译者注

② “他只能以一种令人失望的、断断续续的、不带有任何相似性的、毫无和谐与虚构的方式来阐述这一点……故事就此中断了，在这种故事中，似乎不曾发生过任何事情，然而这种故事又是内在活动的顶点。”（原书第 73 页）

“真正的自发性，即先于任何态度和任何选择[1]的那种自发 593
性”相吻合。《戏剧》就是对这种时间的描述。从前的修辞学早已规定了它通常用于鼎盛时期的精确时间表。《戏剧》也是对一种鼎盛时期即意识的鼎盛时期、言语的鼎盛时期的追溯。这个时间，是刚刚醒来、尚属全新、尚保持中性、尚未被回忆和意指活动所影响的躯体的时间。在此，便出现了整个躯体的亚当式的梦幻，这种梦幻在我们的现代性之初就带有着克尔凯郭尔[2]的喊叫声：请给我一个躯体！

---

① 见《中间状态》，126 页。索莱尔斯在这个文本中明确地指出，“自发性”并非与词语的一种混乱相联系，而是相反，它毫无间隙地与一种礼仪相联系［人们通常谈论的“自发性”，是常规的顶点：它是一种物化的言语活动，在我们明确地想要“自发地”说话的时候，我们发现这种自发性早已为我们准备好了，它随时服从我们的直接安排。索莱尔斯在此考虑的自发性，是具有不同寻常困难的一种概念：对于符号做基本性的批评，对于一种无言语活动进行几乎是乌托邦式的（然而从理论上讲却是必要的）探讨。这种无言语活动是肉体性的，是完全有生命力的，它是一种亚当式的空间，而构成任何心理和任何“自发性”的旧俗套在此无法存留。索莱尔斯在此所间接地影射到（只可能是传递）的实践，与我们的文明定期地要求其表现出的紧急性的断裂方式毫无关系。这种实践不在于不去了解言语活动（这是看到言语活动以其最通常使用的形式重新小跑回来的杰出方式），而是要使它惊异——或者就像在《戏剧》中那样，在于听命其不稳定的悬念：这是一种很少如此直接的实践，以至于我们只有可能在诗歌的彻底经验中或是在极端文明的非常耐心的操作中再次见到它，就像悟性（wuhsin）或禅所看准的那种无言语活动状态。］：“会出现这样一种过多的意愿，这样一种实际的复杂性，而远非因此被搞得贫瘠和变成丑陋，对其亲历的感觉也会从一开始就多起来。”

② 克尔凯郭尔（Soren Kierkegaard，1813—1855）：丹麦宗教哲学家。——译者注

存在分解成躯体、灵魂、心脏、精神，正是这种分解奠定了“人”和与人连在一起的否定的言语活动。躯体本身是无人称可言的。身份就像是高高地盘旋在某种睡意之上的鹰隼，而我们就在这种睡意中平静地忙于我们的真实生活和真实故事。在我们醒来的时候，鹰隼一下子就消融在我们身上。总之，恰恰是在它俯冲的过程中，在它还没有接触到我们之前，就应该快速地抓住它并开始说话。索莱尔斯的苏醒是一个复杂的时间，既长又短：是一种正在出现
594 的苏醒，是一种延续时间较长的苏醒（就像有人说尼禄[①]当时是一个正在出现的魔鬼那样）[②]。从词源学上讲，苏醒是一种警觉。在此，苏醒也是一种意识的活动，不论是夜间还是白天，都不能消除这种意识，而且它通过言语管理着睡意、不确定的回忆和幻觉的储库。不过，在索莱尔斯看来，这并非是一种有关梦想的纯粹的诗学。在他看来，睡意和苏醒更是两个有关一种形式功能的词语。睡意是一种在先的外在形象，苏醒是一种在后的外在形象，而且苏醒是对立关系有可能被发现和被说出的中性时刻。睡意基

① 尼禄（Néron，公元37—68年）：古罗马皇帝。——译者注

② 索莱尔斯在其谈论间断性午睡的《中间状态》的文字中（原书第47页），提供了有关他睡觉（和苏醒）方法的几种说明。

本上是一种在前状态[①]，即难以解决的起源所在的场所[②]。因此，梦幻并没有一个优越位置（在《戏剧》中，成型的梦幻即故事性的梦幻，是相当少的）。与记忆、幻觉和想象相比，梦幻在某种程度上被形式化了，它被用在了这样的重要交替形式之中——这种形式似乎可以在《戏剧》的各个层面上调整其话语，并且使白天和黑夜对立，使睡意和不眠对立，使（棋盘上的）黑与白对立，使他与我对立，而苏醒则是这种形式的难得的中性状态。一种以废除为目的的言语活动正在确立：废除所有的分配。最终，它要废除那种存在于言语活动的内部并过分地一方面指称事物另一方面又指称词语的分配。在索莱尔斯看来，在他所叙述的经验的层面，词语先于事物——这模糊其区分的方式。词语在看见、发现和引起可存在的事物[③]。这是如何出现

① “我似乎觉得，就在词语变成可见与可听之前，我正好处于词语的边界线上，我就待在一本书的旁边，而这本书本身也正以无限的耐心梦想着。”（原书第 87 页）——“提到一种没有记忆的状态，那总是先于必须看、必须想的事物的某种东西。”（原书第 64 页）

② “……从内部轻轻触及界限；这是任何人都不再可能搞懂的举动和言语；他不会更好地去理解，但是，他至少是其难以解答的起源。”（原书第 91 页）

③ “他再次看到，是词语在为他再次看到……”（原书第 67 页）。——“于是，准确的表达方式就变成了：不是这个或那个，而是——从我说开始，我就注意到……”（原书第 156 页）

的呢（因为词语的这种提前性不应该只被看作是说话的一种简单的方式）？我们知道，符号学在意义层面细心地区分能指、所指和事物（即指称对象）。所指并非事物，这是现代语言学的重大成果之一。索莱尔斯极大地扩大了使所指与指称对象分离的间距（日常言语活动中的最小间距）：
595 “这里说的是词语的意义（您可理解为：所指），而不是词语中的事物。没有必要在此再现一种火、一种火焰：它们是什么（请您理解为：它们的语义存在）与我们看见的东西无任何关系。”（第 113 页）索莱尔斯想象出的说话人（醒着的人）不生活在事物之中（当然也不像能指那样生活在词语当中，因为这里所说的并不是一种可笑的咬文嚼字的行为），而是生活在所指之中（因为准确地讲，所指已经不再是指称对象）。他的言语活动已经奉献给一种未来的修辞学，这种修辞学现在是、将来也是所指修辞学。对他来讲和在他看来，言语活动的各个方面（有人称之为一个世界的各种界限）并不像供一种主题批评进行分析的浪漫派诗歌的情况那样是自然界（即事物）的各个方面，而是由所指的结合体或链条构成的意思之反面的各个方面：火灾的意义并不是火苗，因为问题已经不在于把单词与其指称对象联系在一起了，它更可能是蕨类植物（与其他相比），因为问题在于是相同的换喻空间（在今天，从诗学意义上讲，似乎高于隐喻空间）。结果便是，在书籍和世界之间当然也就没有了实质的断裂，因为“世界”并不直接是事物的汇集，而是一个所指场。词语与事物无障碍地在它们之间循环，就像同一话语的各个单位、同一种材料的微粒那样[①]。这一点与一个古老的神话相距不远：从描绘的文字到大地本身[②]，世界的神话就像是书。

作为寻找者的主人公，作为被寻找的故事，以及敌对的言语活动、结盟的言语活动，这些便是构成《戏剧》之意义（因此也是其“戏剧性”张力）的各种基本功能。可是，这个基本规则的所有术语都是分散的，就像古代修辞学中的那些引证胚芽（semina probationum），它们应该在进行序列分析（而不再是功能分析）的话语的某种秩序中被一定程度地重新编排。这便是故事的逻辑问题，当逻辑 596
性在我们可以称之为（就像在最近的语言学中那样）作品的可接受性——换句话说就是其逼真性——的情况下时，

---

① “……突然想到，在一本书的某个地方，一段紊乱的文字实际上指向了天空。”（原书第 141 页）——“词语……（你在词语中间是透明的，你穿过它们而行，就像一个词语在其他词语中那样）。”（原书第 81 页）

② “在严冬于我们的大地上复制它的白色姐妹形象的时刻，但是，它的羽笔的蘸动却不能延续。”（但丁：《地狱》，XXIV）

这个问题是很重要的。还是在这里，出现的是叙述者与施事者的融合状态（这肯定是《戏剧》的关键），也就是说是各种功能的最初表述方式，这种表述方式解释了《戏剧》的特殊逻辑性。通常，一篇叙事文至少包含两个时间轴：一个笔录轴，它是词语相互依随的时间；另一个是虚构轴，它是故事的想象时间。有的时候，这两个轴不重合（差距，人为制造的顺序，倒叙镜头）。然而，也不能说在《戏剧》中，这两个轴就连续地重合。由于这里涉及的是言语活动的冒险经历，所以笔录轴就吸收了全部的时间性。在书籍之外，没有时间：所转述的场面（原因不必说了，我们从来不知道这些场面是梦想、记忆还是幻觉）不包含任何除了书写状态之外的虚构标志[①]。笔录轴的特殊性是绝对的。因为，一位作者可以放弃任何叙述上的编年顺序，可他却要使他的笔录服从于他的印象、记忆和感觉等的流动。但是，在使笔录轴成为对于另一个时间性的复制的时候，叙事文仍然保留着两个时间轴。不过，这并不是《戏剧》的技巧，在《戏剧》中，严格地讲没有其他的时间，只有词

① 索莱尔斯在谈到斯特恩（Laurence Sterne，1713—1768，英格兰作家——译者注）时援引弗吕谢尔（Fluchère）的话："……过去时在精神的活动过程中总是现在时，因为精神的活动就在于把过去时以词语的形式铺落在纸上。"（《原样》，第 6 期）

语的时间[①]。这个时候，我们就与一个整体的现在时有关系了。因此，这个现在时，只有在主体完全被融入其叙述者即词语的跟踪者功能之中的时候，才是主体的现在时。这样，就没有必要把《戏剧》的章节做谁先谁后的排列：它们各自实质上的不确定性（记忆？梦想？幻觉？）使它们严格地成了无结果的。在话语中大量存在着的时间操作词（现在，首先，这就是，最后，突然，在此刻）从来不指一个故事的虚构时间，而只是［并且以回指的（autonymique）方式］指话语的时间。《戏剧》所遇到的唯一 597
的时间，并不是带有年代——哪怕是内在地带有年代——的时间，而是我们在下面的表达方式中可以见到的带有普通紧迫感的时间——到了该……的时候了[②]；并且，这种紧迫感不是趣闻的紧迫感，而是言语活动的紧迫感——到了该叙述这一点的时候了，这一点不是别的，而仅仅是词语，词语是无限地扩大的，它出现在我面前。如果重新回

---

① 索莱尔斯在谈到普桑（Nicolas Poussin,，1594—1665，法国画家。——译者注）时说道：“这不是一个‘时刻’，或者也不是或多或少已经形成的一些印象的某种乏味的延续，而是在一种坚固的可见区间里被自愿分出阶段、被引导、被利用、被中性化、被取消的时间在流动。”（《中间状态》，84页）而在《戏剧》中他又说道：“这一点并不出现在时间里，而是出现在我们占有了时间的那一页纸上。”（第98页）

② 参见《中间状态》第150页中论及罗伯-格里耶的文字。

到我们开始时的设想（我们至此从未离开这种设想），即在叙事文的种类与句子的种类之间存在着某种相似性，那么，《戏剧》的各个情节片断（从总体上讲与句子的动词相一致）从来都没有像时间（根据该词在语法上的意义）那样形成，而是作为过程的各种体态而形成（我们了解体态在某些语言如希腊语、斯拉夫语中的重要性，为什么不可以
598 在叙事文的语言中也同样重要呢?[①]）。当叙述者让我们从

---

① 法语（至少在其词语形态方面）没有体态。索莱尔斯的话恰恰是利用了我们语言中缺少这一点来努力探索的：他填补这一空缺，按照德里达的说法，他在补充这一空缺、取代这一空缺。

实际上，我们可以说，相对于语言来讲，话语承担了一种补偿工作（而非一种简单的使用）：话语在酬劳语言，它接替语言的空缺。必须想到［根据博阿斯（Franz Boas，1858—1942，美国人种学家。——译者注）和雅各布森告诉我们的方法］，“各种语言之间的真正区别，并不存在于它们可以说明或者不可以说明什么，而存在于对话者们应该或者不应该传达的东西之中”。在这一点上，作家是孤寂的、特殊的，是与所有说话者和写作的人相对立的。他是那种不迫使他的语言为自己说话的人，他了解并感觉到自己没有个人方言，因而凭空地想象出一种完整的语言。或者，没有任何东西对他来说是强迫性的，当他为自己而选择写作却不是间接地为自己的某种神圣形象而留下作品的时候（就像印—欧人从牧师的手中拿过刀子来完成杀生工作那样），他通过自己的话语，在不知不觉之中，有时在希腊语方面借用中间语态，有时则在北美努特卡语（nootka）方面借用一个词语的可分特征（在这个词语中，主项最终仅仅是以次要的后缀形式宣布最无意义的信息，而这种信息又夸张地被置入词根当中），有时他又在希伯来语方面借用（图解式的）外在形象（通过这外在形象，人称可以被置于动词之前或之后——这要看人是面向过去还是面向未来），有时他还在美洲印第安人西努克语（chinook）方面借用一种我们所不了解的间断时态（过去时态：不定过去时，最近过去时，神话过去时），等等。所有这些语言学方面的实践，在其构成言语活动广阔的想象力的同时，都证明在以我们

他楼上的房间下来，当他让我们离开城里去看一次汽车事故的时候，这种连续既不是因其偶然（一次有日期的事件）也不是因其超验（一种习惯）而出现的。如果可以这样说的话，这是一种不定过去时（aoriste），是过程自身的词语方式。因此，话语所继续前进的“道路”，既不是年代的道路（在前/在后），也不是叙事逻辑（一个事件被另一个事件所包含）。在这里，唯一的规则是星座规则。既然并非任何话语都是线形的（对于文学的无限结果来讲，这是一种限制），那就应该把《戏剧》当作一个很大的星系来阅读，而这个星系的拓扑学对于我们来讲则是无法想象的。因此，推动句法关系的，并不是位于词语后面的、词语仅仅是其外表的某种东西，而是词语本身。词语在此既是句法的单

和我们的母语所不了解的方式来集中或分散从主体到陈述活动之间关系的情况下，是可以建立起它们之间的关系的。这种完整的语言，虽然是由作家在语言学之外汇集起来的，但它并非是亚当式的语言，即完美的、特殊的、天堂式的语言。相反，它是由所有语言的空洞部分构成的，其痕迹是在由语法到话语的过程中被消除的。在写作中，尚无任何结构规则可以从理论上规定句子的多余部分的积累，这些多余部分与连续的信息载体的叠加或是次要细节的修辞扩张（我们称之为想法的“扩展”）无任何关系。和语言相比，话语在表面上是可以组合的，从本质上讲是可引起争议的和于人有益的。正是在这一点上，作家（指写作之人，即不承认他自己的语言有必须遵守之界限的人）具有一种政治工作的责任感。这种工作，不在于“发明”众多象征符号，而在于在象征系统的整体之中进行这一系统的转变，在于变动言语活动，而不在于革新言语活动。

位，同时也是句法的操作者。词语通过其能指（《戏剧》中的某些歌曲串连成回音），或者通过其所指（如我们上面所说的那样）来开启、连接话语的序列。按照埃斯库罗斯[①]的说法，词语就是抽鞭子[②]。也许就是在这里，出现了诗歌的一种非常古老的艺术手法。索莱尔斯的新颖之处，在于那些推进性的词语即那些操作词聚合体在决定着周期性结合链，而在这些结合链内部，各种替代无穷无尽。从语义学上讲，词语没有内容，句子没有结尾。这大概与乔姆斯基的广义生成结构相似，作品是作者自己的语言，是可以无限地替代的。我们中的每一个人都因此在说着一种无限的
599 句子，在无限地替代这个句子的各个组成部分，并且只有死亡可以中断这个句子。《戏剧》在引导人们置疑作品的结束[③]。

《戏剧》不能不引起来自阅读方面的阻力，因为叙述功能的绝对规则性的结构（一个主人公，一种寻找，一些有

---

① 埃斯库罗斯（Aeschylos，约前525—前456）：古希腊著名悲剧诗人。——译者注

② 见《哀求的女人们》（*Suppliantes*），466页。

③ （一种火灾的意象）："梦想只允许存在一个词，或者更可以说是通过间接的方式、严格的方式、甚至是掺假的方式来机械地暗示这个词。但是，这个词代表什么呢？火灾代表什么呢？（他敢于想象：世界代表什么呢?）。"（原书第85页）

益的力量和一些敌对的力量）并未由一种“逻辑”话语，也就是说按年代先后排列的话语来承担的。读者应该在对叙事文的提问中寻找叙事文的戏剧基础。换句话说，《戏剧》的叙述规则是有规律的，但是它的表述规则却无规律可言。“问题”或者说“戏剧”，恰恰就出现在这种断裂之中，而且正是在这方面存在着读者的抵制。我们可以用另外的方式来解释这种抵制：《戏剧》的基本功能也是所有叙事文的功能（主体/客体，助手/对手），这些功能仅在唯一的领域即言语活动的领域（应该按该词的最强意义——言语的演化论——来理解）的内部是有效的。言语活动是一个真正的星球，它传播它的主人公及其故事、利益、痛苦[①]。这便是索莱尔斯以无可指责（但决非未曾受到过指责）的严厉态度所坚持的写作方式。然而，没有比建立文学上的规则更能带来阻力的了（我们想起德莱克吕兹面对但丁的《新生活》所表现出的不信任）。这些规则似乎应该不惜一切代价保留其潜意识状态，完全就像语言的规则那样。没有任何通常的作品是关于言语活动的言语活动（除

---

① “书籍不应被它自己所设的圈套缚住，但是它应该把自己放在只属于它的空间中。”（菲利普·索莱尔斯：《原样》，第 6 期）

某些古代调停人的言语活动之外），以至于缺乏元语言层面可能是可以确定大众作品（或者是类似作品）的可靠标准。把言语活动变做一个论题，而这种做法又通过言语活动继
600 续构成一种非常有力的禁忌（作家则是巫师）[①]：社会似乎也在性别上限制言语，在言语上限制言语。这种审查遇到了一种惰性（或者这种审查通过这种惰性来表述）：通常情况下，我们只有当身处可以自我投影的作品之中的时候，才可以读懂作品。弗洛伊德在重新论述达·芬奇的时候，把通过设定姿态（per via di porre）进行的绘画（和暗示）与无设定姿态（per via di levare）进行的雕塑（和分析）对立了起来[②]。我们一直认为，作品是绘画，我们应该像我们相信它们是制作成的那样（也就是说我们把自己也代入进去了）来阅读它们。在这一点上，唯独作家可以在《戏剧》中自我投影，唯独作家可以在《戏剧》中阅读。不过，我们可以想象和希望一种新的阅读方式。《戏剧》要求我们进

---

① 但丁在把他的诗歌和技巧评述融为一本书（《新生活》，*Vita Nova*）的时候，他所动摇的正是这种禁忌，更准确地讲，在这本书中，当他援引他的诗歌《抒情诗，去寻找爱情……》的时候，他拒绝了指责，按这种指责的说法，人们不知道他是在对谁说话，借口是“这首抒情诗仅仅是我所说的内容”。

② 见《精神分析技巧》，13 页。译者补注：本书为法国精神分析学家达尼埃尔·拉加什（Daniel Lagache）1953 年编选、由法国大学出版社（PUF）出版的弗洛伊德 1920 年以前发表的部分论文结集本，共含 12 篇文章。

行的这种新的阅读方式，将尽力不在作品和读者之间建立一种类比关系，而是——如果可以这样说的话——建立一种同系的关系。当一个艺术家用他的材料——画布、木材、声音、词语——奋斗的时候，尽管这种奋斗在途中会产生一些我们可以进行无限思考的珍贵模仿，他在最后告诉我们的，仍然是这种奋斗而且只有这种奋斗：这就是他的首先的也是最后的言语。然而，这种奋斗“以缩影的方式”（en abyme）再现世上所有的奋斗。艺术家的这种象征性功能由来已久，在今天阅读过去的作品就看得更清楚了，因为在过去的作品中，诗人的责任是向世人不仅重现他创作的戏剧，而且重现他自己的戏剧，甚至是他的言语的事件。诗歌的种种约束在一些非常民众化的体裁中表现得很活跃，对这些约束的把握总会激起一种集体性的强烈赞赏，而这些约束只能是与世界之间的某种关系的同系意象：从来不只有一种奋斗，从来不只有一种胜利。这种象征符号在现代被减弱了，但恰恰是作家在不停地和不惜任何代价地唤醒它。因此，世人要做的，便是向索莱尔斯学习。

拒不因袭[①]

(1968)

601 革命的观念在西方已经死亡了。今后，这种观念只会出现在其他地方。然而，对于一位作家来讲，这种其他地方的政治场所（古巴，中国）不比其形式重要。在这种转移当中，与作家直接有关的，即从他的工作（因为作家本身也工作）观点来看，是它所包含的对于西方的剥夺，是它所要求的新的意象：一种领域的意象。在这种领域里，西方主体已经不再是中心或不再为人所看重。菲利普·索莱尔斯正是在革命的这个远方（绝对没有听说过的、“没有被写过的”远方）确定了他的工作并拓展了他的创作。

索莱尔斯拒不因袭——除了因袭不可因袭的东西。人

---

① 发表于 1968 年 4 月 30 日第 181 期《新观察》杂志。

们通常把这种拒不因袭的做法蔑称为无相关性（impertinence），这种拒绝可以采用各种方式，一些是基本的（我们将在《逻辑》[①] 一书中看到），另一些可以是无关紧要的：后者与《原样》杂志和“原样”丛书的活动相关，这些活动同样也是一些写作物。例如，索莱尔斯似乎认为有必要与那些父辈人物的政治性言语活动发生某种断裂。那些父辈人物就是那些左派知识分子和作家，他们在最近二十年中一直被反斯大林的斗争所困扰。他们在世界上的政治注册方式，现在看来想必是胡乱撰写的，即以一种矛盾的方式也就是“丑陋的”方式来书写的。

他是《原样》杂志里的一名共产党人吗？如果这是在“歪写”反共产主义——左派知识分子们正是靠反共产主义来生存（和喂肥）的，如果这同时——不要忘记这一点——也是在“歪写”共产主义知识分子们传统的反形式主义，这又有什么不可以呢？这两种“因袭”——借助一个而去掉另一个——并不是一件坏事，尤其因为它们都不去平心静气地关注形式的作用。

至于根本性的断裂，即主要地在《逻辑》一书中和含 602

① 见《逻辑》、《数字》两书，色伊出版社，1968。

混地在《数字》一书中论证的断裂，其对象就是我们文学的历史。在索莱尔斯看来，这种文学的主要内容，在以往的世纪里已经并且现在仍然服从于唯一的可读性形式：拉辛的一部悲剧，伏尔泰的一篇短篇小说，巴尔扎克的一部长篇小说，波德莱尔的一首诗，或者加缪的一篇纪实作品，都涉及一种相同的阅读动因、相同的意义观念、相同的叙述实践，一句话，一种相同的“语法”。然而，这种深层次的语法，即阅读的语法而非普通的法语语法，我们已开始从中找出规则。从此，这种语法便像是特殊的了，尽管我们依然把它体验成普遍性的，也就是说自然的。与此同时，另一种语言似乎正成为可能，它是通过革命的手段被证实了的：以某种怪诞的方式开始零散地出现于在对“真实”之常规解读的极限处，这种语言已经在整个西方话语上烙下了独特的印迹。索莱尔斯在《逻辑》一书中所谈论的马拉美、洛特雷阿蒙①、卢塞尔②、阿尔托③、巴塔伊④，他们

① 洛特雷阿蒙（Isidore Ducasse，dit le Comte de Lautréamont，1846—1870）：法国作家，超现实主义流派的先驱。——译者注

② 卢塞尔（Raymond Roussel，1877—1933）：法国作家。——译者注

③ 阿尔托（Antonin Artaud，1896—1948）：法国作家、诗人和戏剧演员。——译者注

④ 巴塔伊（Georges Bataille，1897—1962）：法国作家，曾进行过超越语言极限的尝试。——译者注

都是这种新逻辑的首批操作者。他们的写作在任何方面都不是人们从“兴趣”出发（按照伏尔泰很早确定的原理，这种原理在于把任何现象都压缩为其最小的可能原因）就可以与之融会的一种风格或是一种方式，而是一种否定行为。这种行为的目的在于动摇旧文本的自然权利，并使作为生产旧文本和阅读旧文本之基础的全部概念（主体，真实，表达，描述，叙事，意义）失效。

索莱尔斯给文学（因为这是旧式写作的名称）带来的
争议，不仅仅导致对于写作方式的一种重新修正，而且引
起了对于真实、对于作家及其工作的一种新的定义。要想
理解索莱尔斯的行动，就必须从符号开始，这是所有最新
研究的共同用语，即便符号最终还要被带进一个空间（即
一个随后将毁掉它的文本）之中。作家们长时期称之为
“真实”的东西，只不过是一种系统，一套逐步展向无限的
写作字迹：世界一直是已经被写过的世界。与世界沟通
（作为一个虔诚的愿望，人们极好地将其与所有的“形式主
义”对立了起来），已经不再是使一个主体与一个对象、一 603
种风格与一种题材、一种观点与一些事实建立联系，而是
穿过使世界得以构成的写作字迹（就像那些“引语”，其起
源既不可能完全被标记，也从来没有被停止），是生产索莱

尔斯所要求的这种组构性的写作（这种表达方式无任何神秘性）——如果我们很愿意设想文本从词源学上讲就是一种组织（tissu），就是一种写作字迹的系统，而不是作家在小心翼翼地从艺术那里获得改变意识和现实的权利的同时，从自己的意识和现实中提炼的一幅图画的话。

因此，索莱尔斯要求和实践的写作，是否定文学言语活动的习惯即再现习惯的。几个世纪以来，文学把绘画作为榜样，因为它形象地表现动作、景物、性格。从文学中可以看出叙事故事、描写、人物肖像。可是，从塞尚[①]到杜尚[②]的 50 年中，就像最近一次画展的介绍书中所说的那样，绘画也相继废除了传统、主体、对象和绘画自身。我们在此指出，塞尚、毕加索、康丁斯基[③]或杜尚，并不因此而“不可理解”。但是，言语活动作为作家和所有人都共用的材料，大概会向社会提供许多其他的阻力。不管它是什么，赌注都是相同的：从纸面到画布、对象，借助于索莱尔斯所说的“特征”，通过与作为表达之神秘器官的“嗓子”的

① 塞尚（Paul Cesanne，1839—1906）：法国印象派画家。——译者注

② 杜尚（Marcel Duchamp，1887—1968）：法国画家与诗人。——译者注

③ 康丁斯基（Wassily Kandinsky，1866—1944）：祖籍为俄罗斯，先为德国国籍、后为法国国籍的画家。——译者注

对立，把写作置于外面，并与运动中的世界借以自我书写的各种文字一起巡回，这便是《数字》做的事情。在《数字》中，我们将看到许多来自其他语言（例如数学语言、汉语语言）的文字，在我们看来，这些文字的整体必然构成另一种语言，它们就像是通过以法语出现的诸多最美语言中的一种而分散呈现的一些萌芽（因为“表达之快乐”甚至就是旧文本中已经是现代的那种东西）。

与再现的告别（或者如果人们愿意，也可以说是与文学形象化的告别）会带来重大后果：已经不再可能把某种东西或某个人置于作者身后。在复调写作物的表面，写作的人将不会再被人寻找。《数字》不提供任何意象，即便是（而尤其是）隐藏的意象。构成想象物之重要性（主题、重复、标示、虚构、剧情）的一切东西，都逐渐离开了写作物。因为废除叙事即超越幻觉：必须把作家（或作者，这是同样的事情）设想为身处镜子长廊里的迷路人——哪里没有自己的意象，哪里就是出口，哪里就是世界。

这就是其与革命的关系吗？一位作家只能通过他的工 604
作得到确定。就这种工作而言，革命主要表现为一种形式，即最后的区别形式，而区别就是不相像。索莱尔斯站在一种新的历史局势面前，他利用了这种局势。他在利用长期以来被检查的一种原则，根据这种原则，革命与文学的关系不能是类比的关系，而仅仅是同系的关系。即便是从革命的观点来看，复制真实又有什么好处呢？因为这样做就需要很好地求助于资产阶级的语言，而这种语言又恰恰是复制的语言。在写作物中可以出现的革命，便是颠覆，便是火灾（《数字》就是加工这种意象的），或者如果我们愿意从正面来说的话，那便是复调（写作物，引语，数字，主体部分，变化）。索莱尔斯指出其延续并重新开始的东西，就是这种在西方人的自恋关系之外存在的出口，即一种绝对的区别的出现——如果西方作家不先下手的话，政治家很愿意抢在他们前面利用这种区别。

漠视[①]

(1973)

有一天，我说某个文本写得很美。有人立即就喊叫起 605
来：我们是现代人，又如何谈美呢？我们的词汇太有限了（问题恰恰在这里：新词在泛滥），我们必须同意词语可以改变意义和返回原意。我根据事物而给其命名，甚至赋予其使用过的名称。于是，我表现出固执，并且说索莱尔斯的书[②]是美的。在此，我指的不是与一种规则理想的相宜性，而是指实际上的完全快乐。一切由色情的多种因素决定的东西都是美的。索莱尔斯的书不放弃任何东西，不放弃故事，不放弃批评，也不放弃语言，正是这种窒息感，我称之为“美”。

---

① 发表于《批评》杂志，第 318 号，1973 年 11 月。

② 《H》，色伊出版社，1973。

那么，如何进行呢？就像“一种语言旋风”。您看那些地上的落叶，暴风雨一来就把它们卷走了。它们带起小小的眩晕，然后又都进入一个大的螺旋之中，而这个大的螺旋又移动起来，奔向我们所不知道的地方。在《H》一书中，一切都是大胆地、东拉西扯地安排在一起的。话题（topic）刚刚在一个类似于句子的成分中落定，就又开始松动，以避开一直在逼近的演说阶段。眩晕来自于被搞乱的各个话题之间的距离，来自于它们先后出现的惊人速度，来自于它们的交换场所的狭窄程度。在再现活动确定下来之前，这是一种布朗运动，它具有各种比例的可视荧屏。这时，画面——神圣不可侵犯的画面——中断（因为某种暴风雨），其表面因带有电荷而变得粗糙，它开始抖动、闪着火花、发出噼啪声响，阻碍着在暴风雨过后重新返回的玄想（玄想，即广告性短剧、“戏剧情节”、“重要报道”等）。在索莱尔斯的书中，一种下雨状态，是以类似于表意文字的长长的线条（紧凑，浓密，细腻，优美，飞逸和有节制）来书写的，这种线条（不过，却是很通风的！）在伊
606 势州（Ise-shû）（日本，12 世纪）手稿[①]的彩纸上不停地画

① 日本的一部诗歌选集。——译者注

着长线：“雨水、种子、撒播、线索、结构、文本、写作物。”

《H》一书几乎排斥所有的言语活动。[①] 但是，只因为它本身就不是一种言语活动，而是语言中的一种语言，它才可以这样。它的多义性不是迂回的（依据该词策略的、军事的和地形学上的意义）。它所躲避的疑难问题在于，为了排斥，通常必须有一种排斥性言语活动，而这种言语活动自己又变成了一种新的绘画。由此，产生了多义的答案：借助于言语活动之碎片，在再现活动的墙上（荧屏，纸张）产生无数的点、古怪的图案、片状物、裂痕（人们不是说，汉字就是在烤过的乌龟壳上出现的裂痕吗?）。

可以用多种方式来看待“乱不成章”：或者把它看成一种杂乱无序，或者看成一种偶然的安排，或者看成一种总的外在形象，或者看成一种无限的天际。但是，乱不成章也是一种享乐空间，在这个空间里，进行探索是可能的。从这种观点讲，《H》是一处词语森林，我正是在这片森林中寻找能打动我的东西（在孩提时代，我们曾经在田野里

① 雅克·亨利克（Jacques Henric）在谈到《法则》（*La Loi*）一书时，就提到了一种“重新写作的方式，该方式去除了奠定我们西方文化的许多重要神话”。

找寻人们藏在那里的巧克力球）。这是与叙述活动或字谜不同的另一种悬念。我等待着将涉及到我并为我而建立意义的那部分句子。《H》是一个剧本，它与马拉美充满幻想的书相似：言语活动之诸多特征显露在文本提供的情景之中（我们也可以简单地说是显露在一些诗句之中：诗句难道不就是那种不断解体又不断撞击的东西吗?），没有一个特征是在针对所有的人，但是每一个特征都在呼喊某个人。（一本书的集体读者，并不是一个无个性的和相等的群体。书越是“现代的”，它的读者即它的享用者就越具有较大的区别。《H》一书所探讨的主体的不稳定性，是通过一种狂热的个体化表现出来的：即躯体的个体化，这种个体化在嘲笑由国家控制和权力集中的社会所颁布的普遍性法则、遵从性法则、大众化法则。）

607 《H》作为半言语，也作为半写作物（旨在建立一种说出来的写作物，它甚至是与写出来的言语相反的）它从半语言到半写作物转移着一种古怪的品质，即雄辩术。《H》一书的雄辩术在于，其话语（还属于话语吗?）在向前奔走，向前跑动，向前滚动，不断膨胀，又借助于不同的“点火”重新进发：不断出现的各种想法（我把“想法”称为句式平淡乏味的反句子）、词语、声音、字母、写作物为了获得语态而拥有的一切——不是它的表达策略而是它的音色及其微粒，还有人们在词语艺术中称之为锐气的东西，即躯体的不可阻止的、无法改变的、不可转让的标志。从前，雄辩与“心”是连在一起的。为什么不可以如此呢？写作一本（在世上）如此充满独特风格的书而无慷慨大度之风，是不可能的。

从何处开始呢？那好吧，就从工作的工具即打字机开始。很久以前，行吟诗人（aede）就曾试图在背诵之前采用叙述机器，那便是序言。后来，普罗旺斯行吟诗人（troubadour）、中世纪德国的爱情抒情诗人（minnesinger）在唱诗之前，都在乐器上舞动双手，那便是前奏曲。由于需要进入言语活动的无限之中，索莱尔斯便从能实际上生产这种言语活动的东西开始。一切都不是从主体开始，而是从生产工具开始的。“索莱尔斯”并不仅仅意味着是“考虑周密之人”，他还是“生产之人”［参阅亨利·格泽尔（Henri Goelzer）所著《袖珍拉丁语》（*Le Latin en poche*）］。

在索莱尔斯拆析他的姓名（主要的能指）的时候，他显然没有在他的“个人”身上带入姓名的各种意指（例如从前的贵族就沾沾自喜于他们的姓氏的词源，或者如现在人名年鉴上所建议的那样）。在此，姓氏是一种偏离的起点，是一种换喻的断裂处。主体正是在对自己的姓（对其专有的姓）着迷（甚至是历史地着迷）的时候，丢掉了他的个人：姓独自离开，就像一只没有线的气球。在使我的姓离开的时候，我自己便停止下来（我在失去神圣性）。如果我们中的每一个人都这样探索自己的姓，我们就将摆脱自己的自负，那么，一切都可能在“沟通”中变得更好。

608 所有的调性音乐都是与建构观念（即“构成”观念）连在一起的。然而，作品的可读性可以在某种程度上看作是调性：支配方式相同，显示方式相同[①]。一种新的听音乐方式和一种新的阅读方式在逐渐建立，并已经开始形成，但两种方式都是无调性的。在这两种情况里被打乱的，是（主题、观念、故事等的）展现，也就是说是记忆。文本是无记忆的，而这种高贵健忘症的外在色情形象，就是色调。《H》（犹如威伯恩[②]的一部乐曲，索莱尔斯明显地参照了他的作品）是一种色调音阶（噪音在此一瞬间失去色调）。这

① “……而您希望调性继续，但不是……”（《H》，184 页）

② 威伯恩（Anton von Webern，1883—1945）：奥地利作曲家。——译者注

种色调音阶散落、突发、扬逸，就像德彪西[①]的《游戏曲》一样。从这位德彪西开始，从威伯恩和那些后来的音乐家开始，就没有了“主题与展现”。在《H》中也没有主题与展现，没有一个修辞性的润滑元素。这种新的实践使“构成”观念变得无效（即便书是以一种游戏的方式秘密地安排的）：长度观念（有那么多文学的或是音乐的古典体裁都是以作品的尺度来确定的）已不再合适。索莱尔斯的成片文字[②]与（威伯恩的）短小乐曲、与俳句或絮语没有什么区别。

人们从不再使用标点，归纳出不再使用句子。确实是这样。我们已经开始模糊地看到句子的可疑的意指作用，也就是说，句子是一种语言学上的假象。不能确信在富有活力的言语中存在着句子。话语的所谓逻辑切割涉及到一种意识形态，并建立所指的一种专制。从某种方式上讲，句子总是令人敬畏的，对它的各种争议总是（在教学上和在精神学上）被制止的。因此，《H》构成了句子的某种过程。可是，被用来代替句子的，并不是其机械的反义

---

① 德彪西（Achille-Claude Debussy，1862—1918）：法国作曲家。——译者注

② 索莱尔斯的《H》一书共 185 页，全书无一个标点符号。——译者注

词，如喋喋不休的废话、难以理解的文字。第三种形式出现了，这种形式保留了句子的言语活动方面的诱惑力，但是避开了其切割、关闭，总之，是避开了其再现能力。《H》不是在组织句子，而是在组织句法活动，组织智力碎
609 片、言语活动（根据该词在波罗克[①]的书法中可能具有的意义）之斑点。那么，从语言学上讲，在这个文本中，是什么东西被排除了呢？不是标点符号（总之是表面的缺少），而是分句之间的接合与嵌套，也就是说是复合句（亚里士多德式的客体）。文学上的句子难道不是一种蒙太奇吗？索莱尔斯的文本并不是蒙太奇式的：是其构成（修辞秩序）受到了阻碍，而不是那些不断出现的瞬间的再现活动。

在有关《H》一书的新闻资料中，可以说没有一篇文章不是从指出该书的印刷特征开始的（没有标点，没有大写，没有起行）。因此，我们也是在阅读一个文本之前，来谈论这个文本。

这里说的是一种连续的、紧凑的、表面看来是无间断的叙述活动。这种叙述活动能够以两种不同的对立方式而

---

① 波罗克（Jackson Pollock，1912—1956）：美国动作派画家。——译者注

被人接受。如果读者的想象是悬浮的（按照巴什拉尔[1]所能理解的意义），那么，这种连续紧凑的文本就会给他一种压抑感。他就会说“我感到窒息”，于是便扔掉书本（或者他在阅读的过程中就这么说，为了使一个文本继续存在，它有必要被某些躯体即被某些读者扔掉。没有普遍一致的躯体：欲望躯体即欲望阅读，是各不相同的）。相反，如果读者的想象是流动的，那么，一切就都变了。由印刷所显示的意象就变成有益的和光彩夺目的了。那便是润滑浴液的意象、自由喷体的意象、梦魂无限的性高潮的意象。因此，这个享乐性文本并不是田园诗性质的。它有某种无情的东西，就像巴赫的一个终曲。总之，这种叙述速度意味着：文本开始了，但它没有终结［文本不是“功能性的”，不是“赢利性的”，它处在一种逻辑之中，处在一种性欲当中，两者都不具有任何（接近）创造性的合目的性］。原因，目的，简言之，会话被排除了。但是，主体也是这样：作者为了继续看到他刚刚说过的事情的后果，他选择不去等待。他不怜悯读者，也不怜悯自己，他不监督言语活动。

---

① 巴什拉尔（Gaston Bachelard，1884—1962）：法国哲学家，以对认识论的研究而著称。——译者注

写作（在这一点上与“文学”相反），便是躯体的张
610 力，这种躯体尽力生产不可标记的言语活动（这是话语的零度的梦想）。然而，不论是从逆命题上讲还是从辩证法上讲，我们只能在借助于言语活动的情况下才能排除言语活动，因为言语活动总是属于“已经被理解的”范畴。因此，需要有某种记忆的辩证法，这种辩证法既自我建立，又自我破坏。《H》一书中的所有“标记”，都是为这一点服务的。这些标记是一些时事回想、现成的组合体[①]、细小的“知识浓缩”、模糊可鉴的碎片、可读性内容的浮现、源自他人话语的简短絮语：社会记忆经常并且极为经常地采用轻巧的“挽救”方式显露，但它又立即隐没。剽窃被打破、被粉碎了。记忆在漂浮，不固定在位置上。一种新的语言在语言之中产生了，同时也产生了一种活动的、电控的荧屏，在这个荧屏上，任何再现都不会消失。对言语活动的记忆很多，但这些记忆从未得以确定，从未被认真地对待过。应该这样理解，对于言语活动来讲，没有任何真正新的东西曾经是可能的：没有自发的产生。哎！言语活动自身也是亲缘性的。

---

① 组合体（syntagme）：符号学术语，它与聚合体是一个配对，指一个陈述（句子或话语）通过切分而出现的诸多要素的一种结合体，通常表现为音节、词组、节奏或语义片段。——译者注

结果便是，新的词根（即新的语言）还只是属于被复数化的旧词根。因此，没有任何力量可以优于复数。

在《H》一书中，我们看到不少这种结构的组合体："流动的钻石陀螺"，"与装满野玫瑰的黄色梨形容器一起悬在了空中"，"请你拿起这枝长寿花请你靠着地窖停在泡沫之中"，等等。所有这些组合体都是指某种在写作理论中非常重要的东西，这种东西便是：色情对象进入话语。实际上，有必要（为了我们的快乐）使某些符号具有某种指称作用，有必要在强迫词语不出现（"没有任何花束"）的情况下，使事物的色情内容在一些地方迫使言语活动在其组织中安排某些有形的效果、某些（从所指到能指的）换喻、某些（感触得到的、快乐的、美好的）记忆。在夏多布里昂的作品里有这样的"段落"（《朗西传》中的柑橘树），在巴塔伊的作品中也有（《眼睛的故事》中的盛满牛奶的盘子）。通过这种现象，这种美妙特色既不迎合流派，也不迎合时代。话语的这种突然加重，这种轻微的（和突然的）膨胀，有时突然出现在某些严肃的文字中，并使这些文字摆脱忧郁。我喜欢在黑格尔的作品中看到对猫头鹰的描写（"只是在黄昏的开始时刻，米内尔夫的猫头鹰才振翅起
飞"），喜欢在马克思的作品中看到纺织男工和裁缝的身影 611

（有关具体的或抽象的工作）。这些过渡段落的积极效果在于，有声有色的东西总是可读的：如果您想被人阅读，那就请您写作有声有色的东西。然而，在《H》一书中，这样的段落非常之多，并通过抛弃句子的约束而变得更为自由，更为光彩夺目。因为正像克拉底鲁[①]所说的那样，去掉了句子，词语就统治一切了。我们可以提几个问题：人类是从什么开始的呢？是从词语还是一下子就从句子开始的呢？我设想，人类是一下子并且同时就到了言语活动、句子和规则阶段的。而且，词语的光辉，它所确定的淫荡性，指称物在被文明之后的返回，都只能作为一种被征服的紊乱状况突然出现在话语中。我还要指出，与句子相反，孤立的词语，即唯我独尊的词语，不承受任何解释。是规则和意义在自我解释，言语活动之间的血腥战争正是从句子和意义开始的。

有一种可靠的方式能够区分无风格写作（écrivance）和写作物（écriture）：无风格写作时刻准备着被缩写，而写作物不能。《H》对"缩写"的想法带有很明显的反感。

---

① 克拉底鲁（Cratylos 或希腊文 κρατύλοζ，公元前 5 世纪）：古希腊哲学家，他的哲学观点见于柏拉图的对话《克拉底鲁篇》，他主张语言来自事物的本性。——译者注

躲过缩写、保留和分类，这恰是《H》一书的一种文本结构功能。《H》能被国家图书馆收藏吗？为此，我很想知道国家图书馆的分类标签。

如何写一篇批评文章呢？我们读书的时候都是从一头到另一头，我们做记录，写出一份提纲，然后写作。在这里，这并不是好办法。《H》一书把您带到了评论的极限：它不允许形成“总的想法”。为此，产生了这样的片断：我们可以希望获得“总的想法”，只是这些絮语恰好在评论中阻止产生《H》一书尽力驱散的“整体性幻觉”。对片断的依赖（需要指出的是，这些片断一直在避免人们所不接受的稳定性），使我无法依据索莱尔斯的作品获得可以捍卫的主题和可以准备的附注。尽管长时间以来陪伴着他，但我每一次都是在行走过程中顺便接过他的工作。这些片断就是这种行走的脚步，这是“同路人”的活动。

当一个文本在某种意义上讲“产生影响”的时候，也 612
就没有什么可说的了（这是一种消极享受）。因此，这里被评述的，严格地讲，不是索莱尔斯的文本，而更应该是关于阅读的文化阻力的情况。它也不是这种问题：他为什么写作呢？而应该是：如何阅读他呢？如何阅读在这里和那里被证实为是难以读懂的东西呢？《H》一书就像《法则》

一样，应该在阅读过程的某种惊讶之中被停止、被保留（有意思的是，对这本书通常大加吹捧的对立面却未表现出任何惊讶。一种法国式的惯常反映是："没有人让我们产生对立"，"如果我们被人看成笨蛋怎么办呢"。像格里布伊[①]那样，不少批评家由于担心出丑而赶紧装傻充愣。真正愚笨之人从不对任何东西感到惊讶。应该这样说，惊讶意味着已经有了爱，因为惊讶是享乐的腼腆的开端）。

不久以前，批评还是很幼稚的，或者说还是很直率的，各种主张毫不掩饰地对立。当时天主教攻击纪德，只是因为纪德是新教徒，这一点人们看得很清楚。今天，对一位作者的贬低不是直接的。这种贬低不再求助于一些简单的论据（这并不妨碍它在需要时是简单的）：人们转移攻击的对象。他们装作只针对计谋和没有生气的人物。对于《H》的批评可以让我们记录下这些计谋中的一些。

例如，"新"不是在正面受到攻击的。有人厚颜无耻地以其他方式攻击它。但是，这在今天也有些不恰当：这样做，有可能被看作是厚古薄今，而新闻界总是希望"新鲜的"。因此，拒不承认的做法便被对手接了过去："《H》追

① 格里布伊（Gribouille）：这是人们想象出来的一个笨人。——译者注

求新颖，但并非真的那么新颖。”接着便提到几种没有标点的话语（在人类的文化群体中，我们可以在各个方面找到例子）。这种论据可以一箭三雕：在把《H》从“真正的”新颖中剥离的同时，我确定了与作者对立的态度，我不愿意被人认为反对新颖，而且让人理解为我很有文化素养。这是一种顺势做法：小故事在预防大故事的危险。

另一种计谋——时髦：“《H》只不过是一种时髦效应。”于是，有人便把文本简化为一种表面的（时髦是轻浮的）、从属的和没有多大价值的现象（与时髦隐性地相对的，是具有深刻、诚实、稳定价值的高尚道德观念：人文主义）。对于这种简化的全部批评使我们大伤脑筋，这种简化指责新颖 613
与最为广泛的社会性之间的所有历史联系：故事中没有非能指的东西。被接续的（然而，我们不要过分夸大《H》的时髦性！）、被争取和被捍卫的东西，即引起欲望和阻力的东西，可以是过渡性的，但是，在没有使过去的文字发生移动、出现转换和变得难以想象的情况下，它不会消失。有属于先锋派的赶时髦的人吗？但是，维尔迪兰夫人[1]所捍卫

① 维尔迪兰夫人（Mme Verdurin）：法国作家普鲁斯特小说《追忆似水年华》中的人物。——译者注

的，并不是圣桑斯[1]或是安布瓦兹·托玛[2]，而是瓦格纳[3]和德彪西！追求时髦可以是逆资产阶级利益而动的一种小小的资产阶级的机器，也正是在这种名义下，追求时髦可以（逊色地）是历史性的。

与上面的计谋相近的，还有一种，即“小集团”：《H》可以看作是一个知识分子小集团的矫揉造作和艰涩难懂的产物。这个小集团与公众舆论脱离，沾沾自喜地生活在自己的圈子里。显然，这就意味着推翻所有的角色：在《H》中完成的工作——这是一项涉及面很宽的、深刻的和远离任何形式主义计划的工作——被从外部封闭了，它的不可沟通之线是由其他东西划出来的。“明亮”或“昏暗”不是天然品质，它们是读者新选择的一些安排。（豁达的）正直在于首先能说出这样的话：如果您不可理解，那是因为我愚笨、无知和没有心计，难道不正是这样吗？为了不沟通，必须是两个人。

---

① 圣桑斯（Saint-Saëns，1835—1921）：法国作曲家。——译者注

② 安布瓦兹·托玛（Ambroise Thomas，1811—1896）：法国作曲家。——译者注

③ 瓦格纳（Richard Wagner，1813—1883）：德国作曲家。——译者注

最后一种攻击方式，甚至用了一些花言巧语（我们可以说达到了顶点，这使排斥策略变得圆满）：在对手的地盘教训对手。因此，一些资产阶级的报纸就会对索莱尔斯说："您所写的，充其量是资产阶级的；您所做的，无益于革命。"这些战略家镇定地把自己变成了他们所攻击的事业的检察官。这样，他们就在对手的阵营里破坏了对手与盟友的关系，不论观点如何，他们都把它封闭在其起源的必然性之中，同时从选择中获得利益："无事可做，您将始终是一位资产阶级分子，既不要相信您的朋友（您不可取代地是有别于他们的），也不要相信您的敌人（您使他们感到害怕）。"

批评的愚笨功能在于它把您不愿意做的事情记在您的名下。于是，便存在着一种小小的记者式的方式，这种方式在于完全解散连带性工作：一方面是菲利普·索莱尔斯和朱丽娅·克里斯蒂娃①，另一方面是上述文字的作者。有人在想，向后者表示出的敬意使对前面两人的大方拒绝变得更为"客观"："我们所攻击的，并不是某种理论选择，
因为所有的理论都是有价值的，而是一种方式、一种风格、 614

① 朱丽娅·克里斯蒂娃（Julia Kristeva，1942— ）：祖籍保加利亚的法国符号学家，索莱尔斯的妻子。——译者注

一种话语。”混为一谈，是批评方法中被人所熟悉的一种表现方式，其相反的方式是——分散：有一种好的先锋派，也有一种坏的先锋派。“好的”先锋派不发表任何直接带政治性的东西，它撰写传统的东西；“坏的”先锋派……（参阅上面提到的批评计谋）。真正的评价，显然在于安排理论关联性（这些关联性是很大的）和策略上的区别（这些区别并不是一些对立情况），简言之，在于设想出一种现代性的组合规则。

如果我是文学理论家，我不会更多地去关心作品的结构，因为这种结构实际上只存在于元语言学家[①]这种特殊动物的眼里，从某种意义上讲，结构是元语言学家的一种生理特性（当然，这是很有意思的）。结构，有点像是歇斯底里症。您去管它吧，它是无可怀疑的；您装作不知道，它也就消失了。总之，有两种现象：对抗目光（“秘密”之秩序）的现象和产生于目光的现象，这第二种现象只存在

---

① 元语言学家（méta-linguiste），来自于元语言学（méta-linguistique）。语素 méta 用来区分对象-语言的层次和元-语言的层次。自然语言具有不仅可以谈论“事物”，而且可以谈论自身的特性。这种可以谈论自身的特性，便是元语言学的特性。具体说来，各种理论都是元语言。文学理论，就是可以谈论文学、进行文学批评的元语言。所以，文学理论家，自然就是元语言学家。——译者注

于当人们看它们（“演出”之秩序）的时候。我更喜欢演出（虚构故事），而不喜欢结构，因为任何结构的结尾都在于形成一个虚构的故事，一种“戏剧幽灵”（培根）。

在文本（作品）中，应该关注的是施事者[①]。然而，运作文本的却是读者，而读者又是复数的（撒旦说过：“……因为我的姓名是兵团。”）。一篇文本有着众多的读者：不仅有不同的个人，而且在每一个躯体中根据在一个星期中的哪一天和在阅读哪一页还有着不同的智力节奏。为了建立有关这种复数的一个概念，我们在《H》一书中可以区分出三种不同的领域，即三种阅读秩序。

第一个领域是个人（个人形体的）的，我在《H》一书中试验不同的研究方法。我可以这样阅读其文本：(1)“点击式”（我凌驾于书页之上，并且或者由于偶然，或者出于直觉，或者由于磁性作用，而去看一个或是很美的、或是刺激人的、或是成为问题的——总之是可记录下来的——一个组合体）。(2)“赏识式”（我细心地去理解文本的一整页内容，并且津津有味地品尝）。(3)“展开式”

① 从一般意义上讲，就是作品或演出中的人物。但是，也可以指神话故事中的各种神灵物件（神棒、飞毯、神灯等）。从符号学上讲，它是句法结构与语义结构的结合点，既可以是行为者，也可以是各种人物角色。——译者注

（这是通常的合法的阅读方式，是巡行：我从一头到另一头地展开作品，例如一部小说，不论我是否快乐或忧愁，我都以同样的速度向前展开）。(4)“低空式”（我仔细地阅读
615 每一个词语，而不考虑节省我的时间，也可以说，我把自己置于注释者的角色之中。在此，应该指出《H》中诸多反常情况中的一种：它的排版是一条毫无变化的直线，从头到尾都是一样，这种排版想必会导致一种快速的阅读，就像意义即表象只能出现在放映机达到某一速度时候那样。然而，恰恰相反，认真的、慢速的阅读使《H》一书成为一本深刻而难以捉摸的书，其每一个地方都是富有智慧的，都在字的排列之外强烈地照亮着其他地方：《H》既是重要的演讲词，同时也是一个日本式的箱子，里面装满了数不尽的俳句。《H》有两种脉搏：一种是“大众”脉搏，就像人们所说的那样，是一首“大众歌曲”，它快速、活泼；另一种是批评家的脉搏，即那些坚持读下去也就是说抬起头来阅读的神职人员的脉搏）。(5)“满天式”（我把整本书看成是与我有一定距离的一种对象，即一种思考的借口，我将其置于历史的景致之中：文本理论、阻力、故事、未来等）。

第二个阅读领域是社会学的。我不把《H》一书与其

所收到的批评分开。我把《H》看成一种（文本的）行为，把它所引起的反映与行为本身连在一起，就像这种“反映”是文本的组成部分那样。这个文本的历史功能，恰恰在表现一种对立，而这种对立今天正推动着象征产品的消费。

第三个领域是历史的。文本的读者并不生活在文本时间里（即便读者从生平上讲是同时代的）。某些人想把《H》当小说来阅读（他们失望了），其他人想把它当诗歌来阅读（他们也失望了）。另有一些人属于 30 年代的先锋派。最后，还有一些人假设自己身处未来。后者试图把《H》当作未来的一种文本来阅读（哪怕文本在未来已不是现在的文本），他们同时也知道，这种未来不只是向前的，从辩证法上讲它还包含着反复与不合时宜：阅读但丁或阅读拉伯雷的读者，大概比阅读马尔罗[①]的读者更接近《H》。通常，同一场所，既适宜于最远的人也适宜于最近的人，既适宜于最年轻的人也适宜于最年老的人，既适宜于普罗大众也适宜于名门贵族。最后，也可能存在着一些过渡性读者：他们在《H》中，于只靠重复才会继续存在的内容

① 马尔罗（André Malraux，1901—1976）：法国作家和政治家。——译者注

之外发现了一种过渡段落，这种段落过渡到他们现在不了解、将来也不了解的内容（我认为我就属于这种读者）。这就是读者在故事中的闪现[①]。

616 我们什么时候才可以建立和实践一种多情的批评而又不失公正呢？我们什么时候才可以自由地（摆脱虚假的“客观性”观念）在对一个文本的阅读中代入我们从作者那里获得的知识呢？我为什么（以什么名义和害怕谁）要把对索莱尔斯的一本书的阅读与我对他的友谊割裂开来呢？可是，很少有人可以在这一点上提供对于同一篇文本（组织）的感受，因为在这种文本上既有写作物，同时也有日常的言语：对于某些人来讲，生活是文本性的。最后，我认识了一些没有书籍的作家，他们的实践、言语活动、躯体、组织能力，在对我产生作用的同时提供了一种真正的文本的可信性。阅读《H》时，不要像面对我们不顾其他任何主体的存在而专心注视和消费的一种保留产品那样去面对这本书，而是应该漠视写作之人，就像我们在与他同时写作那样。

---

① “……主体在故事中的闪现……”（索莱尔斯）

当前情况[①]
(1974)

从文艺复兴以来，知识一直被一种自由所控制，即构 617
思、完成和写作百科全书的自由。可是，福楼拜的一本书就指出了这种可能性的可笑结局：《布瓦尔与佩居榭》(*Bouvard et Pécuchet*)是这种百科全书知识的最终笑剧。依据词源学，知识经常变换，但从不停止。科学失去了重量，不再有所指、上帝、理性、进步等。于是，言语活动登场了，一种新的文艺复兴宣告开始了：今后，将出现言语活动的百科全书，即有关形式、外在形象、语调变化、呼喊、恫吓、笑话、引言、词语游戏的全部“套数”（Mathésis）。所有这些活动以前都集中和包容在公园和检疫隔离期内

① 发表于《原样》第 57 期，1974。

（诗，巴洛克艺术，拉伯雷等），现在都逐渐变成了人类主体的唯一的组织（文本）。我就是这样来阅读《H》（以及与其同时代的几个人的某些作品），将其看做是一部言语活动百科全书、一出句子喜剧、一种文艺复兴欲望。

历史大概又重现了，但这种重复必须是螺旋式的。这种新的文艺复兴不为任何本性作保证，有关（词语）方面的大百科全书已经大胆地启用了。风险来自何处呢？风险恰恰来自物质的言语活动的规则本身：在言语活动中，任何规则都不可避免地相像，并因此也会有违反规则的情况和对违反规则的否定。言语活动最终将是有可能完成（《逻辑》一书所捍卫的）巴塔伊的表述方式（解除禁令但不取消禁令）的唯一场所。索莱尔斯正是这样做的：他解除禁令但不取消言语活动（“当我决定在同一语言中改变语言的时候，叙事又突然开始了”）。正是这种内在的外部性（拿掉句子的拦截杠，同时又睁大眼睛看着拦截杠）使规则的捍卫者和否定者都感到扫兴。

618 因此，索莱尔斯的作品便建立在一种无所适从即一种矛盾之中，就像我们为了从远处指出言语活动不可攀缘的峭壁而客气地说的那样。在《H》中，我总是回到这一点上：我在书中被这种神秘所诱惑——一种连续的间断（或者相反)。“论题”(英文:“topic”;拉丁文:“quaestio-nes”)在奔跑、在飞来飞去、在通过,形成没有尽头、无法预测的条形轨迹。文本的这些突然变化,就像一个示波器(未知信息的预报器)出现的那些诱人的多余波纹,被带到或被卷入一种单一的浪涛(歌声)之中。这种浪涛只能是语言,是带有纯粹的物质性的语言,它鲜明地排除了内容、再现活动和句子的空想成分。语言的这种连续性不属于油质型的,而属于巴赫式的一种音乐发动机类型(我自己在摩洛哥的一条干枯河谷中曾经有过对于文本和文本特征的一种强烈意识,我从那个河谷里听到了维吉尔式声音的立体声交汇——鸟、远处儿童的尖叫声、柑橘树的沙沙声,当然那天也有抽水机的发动机均匀的声音。)农村,文本,就是这样——一曲牧歌中贯穿着某种机器的声响:色彩、静寂、微风,完全是一种具有文化的、浪漫情调的古老价值的编织物,这种编织物被一辆电动自行车的奔跑割断)。我可以更进一步地确定这种神秘:索莱尔斯文本的一般习惯,是由(被破坏了的)主体的痕迹与一条快速向前的路径之间的张力构成的(这便是全部)。用Z直接写下去(Z是魔鬼的字母),就会出现一条总领整体的线(“就像我们进入一条有沟痕的长河一样”)。

作为老欧洲人的我们，注定还要说话，而不是要建构。但愿对话语的撼动会立即被写入革命计划，正是这种“直接的未来”出现在索莱尔斯的研究工作之中。请做一次对比替换实验：如果他不写作呢？那么，我们只有在遵守（右翼的、左翼的）习俗与喋喋不休之间做出选择。前面没有任何东西。多么不幸，多么令人窒息，多么令人烦恼！他同时抓住了几条线索。他向前走，同时注视着社会的未来和文本的未来。他不重新返回到言语活动的后面。不论是他的朋友还是他的敌人，他都让我们富有活力。

波动[1]

(1979)

…………

卡夫卡曾经常对雅努赫[2]说：“我没有任何确定的东 619
西。”这句出自一位作家的话，告诉了我们两种态度、两种主题、两种话语：一种是我刚刚讲过的犹豫，一种是我马上要讲的波动。

尽管我不愿意彻底地处理这种“情况”（因为这是一位亲近的朋友，一位我喜爱的、敬重的和赞赏的人，也因为

① 节选自关于《中性》的课程，法兰西公学（Collège de France），1978年5月6日。[译者补注：经过与2002年出版的《中性》（*Le Neutre*）讲稿核对，此部分与《中性》文字有较大出入。]

② 雅努赫（Gustav Janouch，1903—1968）：奥地利人，写过一些诗歌，他尤其以与卡夫卡的对话而为人所知。——译者注

这是一个很“热点的”话题和可以称之为“一个动作中的意象”的东西），但是，我认为应该引用一句索莱尔斯的话：人们要依据严肃认真的思想的观点来解释这种情况，而不应该以幽默和厌烦的态度去对待。这种严肃认真的思想，恰恰就是波动的思想。实际上，索莱尔斯似乎在提供一种突然改变观点的情景，而他又从来不加以解释，于是这就产生了某种打乱和激怒知识分子舆论的“干扰情况”。这意味着什么呢？

在此我愿意指出两点。

第一点在于，由于索莱尔斯的“波动”，很明显，他要重新讨论知识分子的传统角色的问题（我说的是“角色”，而不是“功能”）。自从知识分子作为社会要人以来（也就是说自从19世纪末而更准确地讲是从德雷福斯事件[①]以来），知识分子是正义事业的某种高贵检察官。当然，有所争议的并不是其动作的必要性，而是善良意识的一种形象的持久性，需要打乱的是一种衣褶。然而，索莱尔斯显然

① 德雷福斯事件：德雷福斯（Alfred Dreyfus，1859—1935），犹太人，法国上尉。1894年10月因被指责向德国出卖情报而入狱。德雷福斯的家属在新闻界和一些知名作家例如左拉的支持下，进行了抗争，从而使这一事件成为当时法国社会的重要事件。——译者注

是在实践一种“生命写作”，并在这种写作中引入巴赫金所说的一种荒诞维度。他向我们暗示，我们正在进入一个破坏阶段——不是破坏知识分子动作的阶段，而是破坏其“使命”的阶段。这种破坏可以采用撤回观点的形式，但也可以采用一种干扰的、一系列分散的断言的形式。总之，索莱尔斯只让人以题名的方式在一期《原样》杂志上引用
北京《人民日报》（1973）上的一句话：我们需要的是斗 620
士，而不是绵羊。在知识分子的话语单位上自愿地烙印的震动，是通过一系列的“高兴之事”来实现的，这些高兴之事的目的在于打乱作为知识分子忠诚和高尚道德形象的超我[①]——显然，其代价是一种极大的孤独，因为“高兴之事”不是在我希望有一天看到的于一种被称作“知识分子人种学”研究分析的实践中被接受的。

第二点，是通过一种有点无度的音乐表现出来的波动。我确信，在索莱尔斯身上有一种确定的主题：写作和对写作的虔诚。在此，属于新的东西，就是这种对于写作的坚定的服从（每天上午都写几页《天堂》）不再通过为艺术而

① 超我（sur-moi）：精神分析学术语。弗洛伊德第二场域理论（本我、自我、超我）的一个层面，它是对于自我的判断，属于道德意识范畴，是常伴有犯罪感的潜意识。——译者注

艺术的理论来实现，也不再通过（一方面是小说、诗歌，另一方面是署名）有度而有秩序地介入理论来实现。这种服从似乎是通过主体的某种彻底的疯狂，通过他的多方面的、无休止的和不知疲倦的妥协来实现的。在那些有点极端但其连续性却总是开放的态度（“我没有任何确定的东西”）与不可阻挡地趋于凝固的意象之重要性之间，我们可以看到一种疯狂的斗争。像索莱尔斯那样去抨击意象的静止和僵死的特点，是一种危险的、极端的动作。在不考虑按照一般意义也无法理解的那些举动的情况下，这种动作的极端性并不具备某些神秘性：例如埃勒·哈拉吉的情况。

当波动允许犹豫的时候，知识界强烈地反对波动。例如，纪德式的犹豫曾经得到很好的宽容，那是因为意象是稳定的：我们可以说，纪德过去一直生产运动之稳定意象。相反，索莱尔斯想阻止意象成型。总之，不是在内容和舆论层面上出现一切，而只能在意象层面上。社会群体（不管怎样）一直都想解救意象，因为意象是其生命的食粮，而这一点越来越清楚。现代社会由于过分发展，它已经不能（像以前那样）再以信仰来养活自己，而只能依赖意象。索莱尔斯的荒诞之举，来自于他抨击意象，来自于他似乎想提前阻止任何意象的形成和稳定。他拒绝最后的可能的意象，即“那个想在找到其最后道路之前就试图多方面发展的人”的意象（关于修行和入教的高贵神话：“在多次徘徊之后，我的双眼睁开了。”）：就像有人说的那样，他变成了“难以防御的人”。

译后记

这本书，是原先以法文出版的两本书的译文的合辑，内容上几乎没有什么直接联系。

第一本是《偶遇琐记》，它是在作者去世后由他的朋友弗朗索瓦·瓦尔（其经常的署名是 F. W.）整理后出版的。这本书由在摩洛哥的一些生活散记、通常意义上的两篇散文和一些日记组成。编者之所以把它们放在一起，是因为它们是罗兰·巴尔特作品中“既不是理论探讨也不是批评问题”的一类，是因为作者在这些文字中一改通常阐述观点和与人讨论问题的习惯，而是采取了使读者通过阅读来与其“认同”的做法。书中包括几个各自独立的部分：《偶遇琐记》部分是对 1968 年至 1969 年先是在摩洛哥的丹吉尔市和拉巴特市随后在摩洛哥南部的所见、所闻的记录，这部分文字当时已准备好付梓印刷；《西南方向的光亮》、《今晚在帕拉斯剧院》是两篇写得很好、很美的散文，这在罗兰·巴尔特的作品中是少见的；《巴黎的夜晚》是从1979年8月24日至9月17日期间写的16篇日记，它们记载了作者夜晚时的活动习惯，手稿上写好了题目名称，编好了页码，甚至包含着某些说明文字，这表明，手稿是要发表的。他的日记，也可以称为“一位同性恋者的隐私日记”，在我们看到《罗兰·巴尔特最后的日子》一书之前，这似乎是公开罗兰·巴尔特为“同性恋者”的最早的文字。

值得一提的是汇集在这本书中的几部分内容的写作手法。一是体现在《偶遇琐记》和《巴黎的夜晚》两部分中的“片断式”写作。这种写作与这两部分内容是很相宜的。不过，我们需要指出的是，“片断式”写作在罗兰·巴尔特的著述中具有特殊意义，甚至是他写作生涯中一直遵循的手法。首先，因为他“对于片断的喜爱由来已久”（见三卷本法文版《全集》第三卷，318页）；其次，这是他用来反对“多格扎”（doxa）即形成稳定意义的手段；最后，这种写作可以实现他自己的审美观，因为“快乐所需要的，是一种出现损失的场所，是断层，是中断，是风蚀”（见法文版《文本的快乐》，15页）。有关作者这一方面的较详细的论述，读者可参阅译者为《罗兰·巴尔特自述》写的“译者前言”。二是作者在两篇真正意义上的散文中采用的“位置”描述方式：《西南方向的光亮》从三个“西南方”介绍了他的家乡；《今晚在帕拉斯剧院》从剧院空间的大小、剧院使用的灯光、“我不必跳舞就能与这个地方建立一种有活力的关系”等几个方面（位置）对剧院做了介绍。按照作者的说法，这些位置首先是对象自身的位置，而这些位置本身“也具有吸引力和情趣……这种建筑术在于美化走动的人、舞蹈的人，在于活跃空间和建筑物”（见《今晚在帕拉斯剧院》）。强调位置，这是结构的观点、符号学的观点。位置，是语义分析和叙述符号学分析的重要概念。不过，作者也告诉我们，这些画面是“按照我决定把握它们的感知层次来变化”的（见《西南方向的光亮》）。这显然是在说明“具有吸引力和情趣”的位置离不开感知主体的。这似乎在向我们证实，原先宣布“作者的死亡”（1968）的罗兰·巴尔特，在 1977 年和 1978 年发表的这两篇散文中，又重新认识到了主体在文本中的作用。

第二本是《作家索莱尔斯》，它包括了作者在不同时期发表的评述索莱尔斯作品的六篇文章。在这些文章中，罗兰·巴尔特对索莱尔斯的文学探索采取了基本肯定的态度。索莱尔斯自20世纪60年代开始连续发表了几部写法怪异的小说作品，一时引起了人们的议论。在《戏剧》中，他改变了“陈述活动的”主体，触及到了动作与叙述活动的距离。在《数字》中，他打乱了时间，从而开启了无限展开的空间，并用一种阶梯式写作来取代词语的移行，因此也就把“文学”转变成了必须严格地称之为一种透视法的东西。而在《H》中，全书无一个标点，把阅读的停顿与理解全部交给了读者。

罗兰·巴尔特之所以为索莱尔斯的作品撰写评论，应该说有多方面的原因。其一，他们是比较要好的朋友。按照我们后来见到的《罗兰·巴尔特最后的日子》（*Les derniers jours de Roland B.*）一书的介绍，他们虽然不是一对同性恋人，但“经常来往，经常单独地一起用晚餐。他们经常在圆屋顶饭店喝上一杯，然后才一起去蒙帕那斯大街的一家饭馆，或是去法尔斯塔夫酒馆（Falstaff）或多姆圆顶酒馆（Dôme）”。其二，朱丽娅·克里斯蒂娃在成为罗兰·巴尔特执教的高等实用研究院的学员之后，知遇了索莱尔斯，后来与之结为夫妻，这样，罗兰·巴尔特与朱丽娅·克里斯蒂娃之间的师生情，也加深了罗兰·巴尔特与索莱尔斯之间作为朋友的密切关系。其三，索莱尔斯可以说是支持结构主义研究的先锋派作家和杂志主办人，由他主编的《原样》（*Tel Quel*）杂志被誉为"新批评"派刊登研究成果和批评观点的阵地，罗兰·巴尔特的许多文章都是通过这一杂志发表的。其四，索莱尔斯在自己的文学创作中，大胆地实践着结构主义理论主张并对文学语言进行着创新探索，而罗兰·巴尔特正是这种实践和探索的重要开拓者和鼓动者，并且借助于评论索莱尔斯的著述也更进一步地阐述了他自己的理论主张。当然，至于把这些文章放在一起成为一本书出版，《罗兰·巴尔特最后的日子》一书就其中的个人原因做了推测，也许可以作为我们的参考。

那么，在这本书中，罗兰·巴尔特凭借评论索莱尔斯的作品都阐述了哪些理论观点呢？概括说来，我们想指出以下几点：

其一，进一步阐述了叙事的结构观点。我们知道，罗兰·巴尔特参与过叙述学的初期奠基性研究。他在1966年发表的《叙事的结构分析导论》一文是对于这种研究的重要贡献。他在该文中明确指出："从结构观点来看，叙事属于句子……叙事是一个大句子。"（见三卷本法文版《全集》

第二卷，77 页）。我们在《作家索莱尔斯》这本书的《喜剧，诗歌，小说》一文中找到了近乎同样的论述：“叙事文仅仅是一个很大的句子（同样，每个句子都以自己的方式叙述一个很小的故事）。”接着，他又根据格雷玛斯依据普洛普的 31 种功能概括和建立起的行为者模式理论指出，“我们从中至少可以找出（我简单地说一说）两组配对，即四个词语：一个主体和一个对象（它们依据一种寻找计划或欲望计划而对立地结合在一起，因为在任何叙事文中，都有某个人希望获得和寻找某种东西或某个人），一个助手和一个对手，他们是各种语法的叙述替代物（他们依据考验计划而对立地结合在一起，因为在寻找主体的过程中，他们一个帮助他，另一个则拒绝他，轮流确定故事的各种危险和救助情况）。”而在叙述层次的描述上，罗兰·巴尔特指出：“一种是功能性的，或者是聚合关系性的，它试图在作品中找出依据词语而逐步相互连在一起的一些成分；另一种是序列性的，或者是句法性的，它在于重新找出从文本的第一行到最后一行的路径，即词语所走过的路径。”这些论述，对于后来形成的叙述学上的“叙述层次”和“叙述行程”概念都具有很大的启示与帮助。

其二，提出了“叙述者”的概念。罗兰·巴尔特在上述同一篇文章中指出，“这个经典的第一人称是建立在可以一分为二的基础上的。我（je）是在时间里被分开的两种不同动作的发出者：一种动作在于生存（爱，忍受痛苦，参与冒险），另一种在于写作（回想，叙述）。因此，从传统上讲，以第一人称出现的小说有两个行为者（行为者是一个人物，他是通过做什么而不是通过是什么来确定的）：一个在行动，另一个在说话。由于两个行为者表现在一个人身上，所以他们之间维持着艰难的关系……”这里说的行动，就是故事情节，而说话者就是叙述者，这就使得巴赫金的“复调”概念在此变得更为明确。该文还对于不同体裁故事中的人物与叙述者之间的关系做了分析，反映了那个年代文学理论界对于相关概念的认识水平。

其三，建立读者参与的阅读方法。罗兰·巴尔特指出，《H》一书“从不再使用标点，归纳出不再使用句子”（见《漠视》一文），这就为阅读留出了极大的空间，而认识这种空间，实际上就是从不同的方面建立元语言的过程，因为元语言就是在一个已有文本中找出的新的解释性语言。《H》一书，虽然是一部小说，但是罗兰·巴尔特在对它的分析中，建议读者“参与文本的运作”。于是，他在《H》中分析出了三个阅读层次：个人的、社会的、历史的。在对于个人的阅读层次上，罗兰·巴尔特总结出了五种方式：“点击式”、“赏识式”、“展开式”、“低空式”和“满天式”。而这些阅读方式，无一不组成一种新的元语言。我们可以说，罗兰·巴尔特的这些主张为后来建立的阅读符号学做出了一定的贡献。

其四，罗兰·巴尔特论述了索莱尔斯创新实践的理论基础，那就是坚持符号学的探索。“为了理解索莱尔斯的行动，就必须从符号开始，这是所有最新研究的共同用语。”（见《拒不因袭》一文）索莱尔斯重视言语活动的“能指”方面即“表达”的创新，而降低其“所指”方面即“内容”方面的传统要求。罗兰·巴尔特指出，“索莱尔斯要求和实践的写作，是否定文学言语活动的习惯即再现习惯的”，而“与再现的告别（或者如果人们愿意，也可以说是与文学形象化的告别）……已经不再可能把某种东西或某个人置于作者身后。在复调写作物的表面，写作的人将不会再被人寻找。……必须把作家（或作者：这是同样的事情）设想为身处镜子长廊里的迷路人——哪里没有自己的意象，哪里就是出口，哪里就是世界”。这篇文章与《作者之死》一文都是1968年发表的，只强调符号的作用，而忽视使用符号的人，这正是那个年代的主流话题。

这一次是再版。借此之际，我对两本书的原译文做了修改。修改，自然要依靠两个文本，一是原文，二是先前的译文。我把最大的注意力放在了确保译文对于原文内容的忠实方面：我首先纠正了原先译文中出现的某些属于语法即逻辑关系上的理解错误，补齐了个别遗漏词语的翻译，这便是克服了从“语言”概念方面来讲的缺欠。其次，我根据后来从几本有关符号学和罗兰·巴尔特著述的翻译中了解到的知识和事件，对原先译文中的某些术语和人物关系做了改动或增加了注释，我深切地体会到“互文性”概念（或“关联文本”）在翻译中的巨大作用，用好它和更多地掌握关联文本，可以使译文更准确地转达原作的信息。最后，当然，我也对原译文某些地方做了更为放开的“润色”——从符号学上讲，就是增多了“言语”的成分。但愿这一次的再版，能使读者更为满意，也希望翻译界同行提出更多指正意见。

最后，我对中国人民大学出版社决定再版这两本小书和各位编辑为其付出的艰辛劳动，表示诚挚的感谢。

怀宇

2012年3月于南开大学

中国行日记

[法] 罗兰·巴尔特（Roland Barthes）/著
怀宇/译
ISBN 978-7-300-14621-8
定价：32.00元
出版时间：2012-01

有温度的历史，有态度的观察

纪录片镜头一样的素描，为我们展示了一个外国学者眼里的七十年代中国。

◎ 罗兰·巴尔特唯一有关中国的著作
◎ 七十年代中国的另类展示
◎ 私人记录与中法文化的交错碰撞

1974年春天，正处在“批林批孔”运动中的中国大地，迎来了一个包括学者罗兰·巴尔特、克里斯蒂娃和作家索莱尔斯在内的五人代表团。他们在20多天中访问了北京、上海、南京、洛阳和西安等城市，参观了各地的重点景物、历史古迹以及学校、医院、“人民公社”、工厂。

在这段充满神秘色彩的旅程中，罗兰·巴尔特写了三本日记，详细地记录了他在中国所见到的人和事，并加入了较为个人化的评价。

◎ 全世界最特别的一部悼念书，最沉重的一册怀恋语
◎ 当代著名理论家和文化评论家罗兰·巴尔特的内心密语和悲伤倾诉
◎ 看哀痛作为一种情感，如何影响每个人的生活

1977年10月25日，罗兰·巴尔特的母亲在经历了半年疾病折磨之后辞世。母亲的故去，使罗兰·巴尔特陷入到极度悲痛之中。他从母亲逝去的翌日就开始写《哀痛日记》，历时近两年。

这是一部特别的日记，共330块纸片，短小而沉痛的话语，记录下了他的哀痛经历、伴随着哀痛而起的对母亲的思念，以及他对于哀痛这种情感的思考和认识。

哀痛日记

1977年10月26日—1979年9月15日

每个人都有母亲，巴尔特的哀痛，也正是我们的哀痛

[法] 罗兰·巴尔特（Roland Barthes）/著
[法] 娜塔丽·莱热（Nathalie Léger）/整理、注释
怀宇/译
ISBN 978-7-300-14619-5
定价：29.80元
出版时间：2012-01

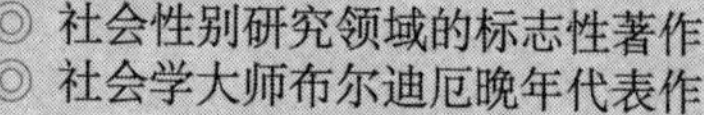

男性统治

◎ 社会性别研究领域的标志性著作
◎ 社会学大师布尔迪厄晚年代表作

[法] 皮埃尔·布尔迪厄（Pierre Bourdieu）/著
刘晖/译
ISBN 978-7-300-14632-4
定价：25.00元　　出版时间 2012-01

罗兰·巴尔特最后的日子

学术大师的最后人生路

◎ 全面披露学术大师的晚年生活
◎ 展现巴尔特复杂的内心和情感世界

[法] 埃尔韦·阿尔加拉龙多（Hervé Algalarrondo）著
怀宇/译
ISBN 978-7-300-14773-4
定价：32.00元　　出版时间：2012-06

自我分析纲要

不是传记，而是一段学术化的人生

◎ 社会学大师布尔迪厄对自我的深入剖析
◎ 高深的理论和世俗的人生纠缠交织

[法] 皮埃尔·布尔迪厄（Pierre Bourdieu）/著
刘晖/译
ISBN 978-7-300-16146-4
定价：25.00元　　出版时间：2012-08

即将出版

《世界的苦难》　[法] 皮埃尔·布尔迪厄
《嘴唇曾经知道：策兰、巴赫曼通信集》　[德] 保罗·策兰　[奥地利] 英格褒·巴赫曼

文化慢光丛书

《关于我父母的一切》（修订版）　南帆
《地老天荒读书闲》　朱小棣
《书里书外的流年碎影》　赵勇
《文人的左与右》　孙郁
《红莓与白桦》　梁归智
《远看是山　近看是树》　劳马
《兄弟在美国的日子》　朱国华
《梦语者》　唐朝晖
《路上的春天》　聂尔
《金陵生小语》　蒋寅
《读画记：那些忧伤或疯狂的美》　丁建元

潜望镜文丛

《欲望号街车》　张闳
《无调性文化瞬间》　杨小滨
《白垩纪文学备忘录》　张柠
《被压迫的美学》　冯原
《土地的黄昏》（修订版）　张柠

图书在版编目（CIP）数据

偶遇琐记；作家索莱尔斯/（法）巴尔特著；怀宇译．—北京：中国人民大学出版社，2012.5

（明德书系．文化译品园）

ISBN 978-7-300-15258-5

Ⅰ.①偶… Ⅱ.①巴…②怀… Ⅲ.①游记-作品集-法国-现代②日记-作品集-法国-现代③随笔-作品集-法国-现代 Ⅳ.①I565.65

中国版本图书馆 CIP 数据核字（2012）第 083470 号

明德书系·文化译品园

偶遇琐记　作家索莱尔斯

［法］罗兰·巴尔特　著

怀宇　译

Ouyu Suoji　Zuojia Suolaiersi

出版发行	中国人民大学出版社		
社　　址	北京中关村大街 31 号	**邮政编码**	100080
电　　话	010－62511242(总编室)		010－62511398（质管部）
	010－82501766(邮购部)		010－62514148（门市部）
	010－62515195(发行公司)		010－62515275（盗版举报）
网　　址	http://www.crup.com.cn		
	http://www.ttrnet.com（人大教研网）		
经　　销	新华书店		
印　　刷	涿州市星河印刷有限公司		
规　　格	130 mm×183 mm　32 开本	**版　　次**	2012 年 8 月第 1 版
印　　张	8.75 插页 2	**印　　次**	2012 年 8 月第 1 次印刷
字　　数	130 000	**定　　价**	29.80 元